야간비행

Antoine de Saint-Exupéry : Vol de nuit

야간비행

앙투안 드 생텍쥐페리 소설
용경식 옮김

문학동네

일러두기

1. 번역 대본으로는 *Vol de nuit*(Antoine de Saint-Exupéry, Gallimard, 1931)를 사용했다.
2. 주석은 모두 옮긴이주이다.
3. 본문 중 고딕체는 원서에서 대문자로 강조한 부분이다.

디디에 도라에게

머리말

　항공사에서 다른 운송수단과의 속도 경쟁은 중요한 일이다. 이 책에서 감탄할 만한 책임자의 모습을 보여주는 리비에르는 그 점을 이렇게 설명하고 있다. "속도란 우리에게 사활이 걸린 문제다. 우리는 낮 동안 기차나 선박에 비해 앞섰던 것을 밤이면 다 까먹어버리기 때문이다." 야간비행은 처음에 거센 비판을 받다가 차차 허용되었고, 초창기 위험한 시험비행을 거친 후 실용화되었지만, 이 소설이 쓰일 때만 해도 여전히 무모하고 위험한 일이었다. 뜻밖의 사건으로 가득한 항로에는 항상 보이지 않는 위험이 도사리고 있는데다 야간비행에는 밤의 무시무시한 신비까지 더해지기 때문이다. 여전히 무수한 위험이 남아 있지만, 비행 횟수가 늘어날 때마다 그다음 비행은 더 수월하고 안전해져 나날이 그 위험이 줄어들고 있다고 말하고 싶다. 항공산업에도 미지의 땅을 개척하는 것과 마찬가지로 초기의 영웅적인 시기가 있었다.『야간비행』은 그러한 하늘의 개척자 중 한 사람의 비극적인 모험을 그리며 자연스레 서사적 어조를 띠고 있다.

나는 생텍쥐페리의 첫번째 책도 좋아하지만, 이 책을 더 좋아한다. 그의 데뷔작인『남방우편기』는 아주 구체적으로 묘사된 조종사의 회상에 감상적인 줄거리를 더해, 우리가 주인공에게 더욱 친밀감을 느낄 수 있도록 했다. 아! 애정에 민감한 주인공을 보면서, 우리는 그가 인간임을, 상처받기 쉬운 인간임을 느낀다.『야간비행』의 주인공 역시 인간성을 상실한 인물이라기보다는, 초인적인 미덕에 도달한 인물이다. 이 가슴 떨리는 이야기에서 내가 특히 좋아하는 요소는 바로 그의 고결함이다. 우리는 인간이 나약하며, 포기하고, 타락한다는 걸 잘 알고, 현대문학은 그런 면을 드러내 보이는 데 능하다. 하지만 우리가 진정으로 보고 싶은 것은 바로 강한 의지를 통해 이르는 자기초월이다.

내게 조종사 캐릭터보다 훨씬 더 놀라운 인물은 바로 그의 상사인 리비에르다. 그는 직접 행동하지 않는다. 대신 조종사들로 하여금 행동하게 만든다. 리비에르는 그들에게 자신의 가치를 고취해 최선을 다할 것을 요구하며, 업적을 이루도록 강요한다. 그의 무자비한 결정은 나약함을 허용하지 않고, 일말의 망설임조차 용납하지 않는다. 얼핏 보기에, 그의 엄격함은 비인간적이고 과도해 보인다. 그러나 그가 단련하고자 하는 것은 인간 자체가 아니라 인간이 지닌 결함이다. 리비에르를 묘사하는 부분을 보면, 그에 대한 작가의 감탄이 느껴진다. 나는 특히 내가 심리학적으로 상당히 중요하다고 생각하는 모순된 진실, 즉 인간의 행복은 자유 속에 있지 않고 의무를 받아들이는 데 있음을 밝혀준 작가에게 고마움을 느낀다. 이 책의 등장인물들은 모두 열정적으로 자기가 해야 하는 일, 그 위험한 임무에 모든 것을 바치고, 임무를 완수했을 때에야 비로소 행복한 휴식을 얻는다. 리비에르는 결코 냉담한 사람이 아니며(실종된 조종사의 아내가 그를 방문한 대목은 더없이 감동적이다), 조종사들에게 행동을 지시하려면 그에게도 그 실행자들 못지않은 용기가 필요한 법이다.

그는 말한다. "사랑받기 위해서는 동정심을 보여주는 것만으로 충분해. 하지만 나는 동정심을 절대로 내색하지 않고 감추지. 가끔은 나도 내 힘에 놀라게 되지." 또 그는 말한다. "자네는 부하들을 사랑해야 하지만 그들에게 사랑한다고 말해서는 안 되네."

리비에르를 지배하는 또 한 가지 가치는 의무감이다. "사랑하는 일보다 훨씬 더 막중한 의무가 있음을 어렴풋이 느꼈기" 때문이다. 사람은 자기 안에서 목적을 찾지 않고, 자신을 지배하고 살아가게 하는 알 수 없는 그 무언가를 따르며 희생한다. 나는 여기서 이 '막연한 감정', 프로메테우스가 "나는 사람을 좋아하지 않고, 사람을 괴롭히는 것들을 좋아한다"라고 역설적으로 표현한 그 감정을 다시 발견하게 되어 기쁘다. 그것은 모든 영웅주의의 원천이다. "우리는 항상 무언가가 인간의 목숨보다 더 값진 것처럼 행동하죠. 그것이 과연 무엇일까요?"라고 리비에르는 묻는다. 게다가, '어쩌면 더 영속적인 무언가가, 구해야 할 무언가가 있을지도 모른다. 어쩌면 리비에르가 일을 하는 것은 사람의 이런 부분을 구하기 위해서가 아닐까?'라는 물음은 어떤가. 맞는 말이다.

영웅주의의 개념이 이제는 군대와 멀어지는 경향이 있다. 왜냐하면 화학자들이 미래의 참상을 예감케 해주는 앞으로의 전쟁에서는 남성

적 미덕이 더이상 필요 없어질 위험에 처해 있기 때문이다. 이런 때, 용기가 가장 놀랍고도 유용하게 펼쳐지는 것을 볼 수 있는 분야는 바로 항공 분야가 아닐까? 그 용기는 무모함일 수도 있지만, 특수 임무를 수행할 때는 더이상 무모함이 아니게 된다. 끊임없이 목숨의 위협을 느끼며 일하는 조종사들은 우리가 보통 '용기'라고 말하는 그 개념을 비웃을 권리가 있다. 생텍쥐페리가 아주 오래전에 쓴 편지를 잠시 인용해야 겠다. 이 편지는 그가 카사블랑카-다카르 간 비행을 위해 모리타니 상공을 날던 때로 거슬러올라간다.

"나는 언제 돌아갈지 모른다네. 몇 달 전부터 일이 너무 많았어. 다카르행 우편기 조종 말고도 실종된 동료들 수색, 불귀순 지역*에 추락한 비행기 수리까지 했어.

나는 이제 막 작은 모험 하나를 성공적으로 끝냈다네. 비행기 한 대를 구하기 위해 이틀 밤낮을 무어인 열한 명과 기술자 한 명과 함께 보냈지. 온갖 심각한 위험 상황이 닥쳤다네. 난생처음으로 내 머리 위로 총알이 날아가는 소리도 들었어. 이런 상황 속에서 나는 비로소 내가 어떻게 해야 하는지를 알게 되었네. 나는 무어인들보다 훨씬 더 침착해야 했지. 그런데 나는 늘 놀랍고 궁금했던 사실을 또하나 깨달았어. 플라톤(아니면 아리스토텔레스?)이 왜 용기를 미덕의 최하위에 두었는가 하는 점 말일세. 용기는 아름다운 감정으로 이루어진 것이 아니고, 약간의 분노, 약간의 허영심, 강한 고집과 운동할 때 느끼는 통속적인 쾌감으로 이루어져 있네. 특히 체력을 기르는 일과는 아무 상관이 없

---

* 외부 문명을 거부하는, 베두인이나 무어인 부족이 사는 사막 지역.

지. 셔츠 앞자락을 풀어헤친 채 팔짱을 끼고 심호흡을 하는 걸로 충분해. 그러면 기분이 좋아진다네. 밤에 그러고 있으면 굉장히 어리석은 짓을 하고 있다는 느낌마저 들지. 나는 이제 그저 용감하기만 한 사람에 대해서는 감탄하지 않는다네."

나는 이 인용에 캥통*의 책(내가 그 책의 내용에 모두 동의하는 것은 아니지만)에서 발췌한 명언을 덧붙이고 싶다.

"우리는 사랑의 감정을 숨기듯이 용기를 숨긴다." 아니, 이렇게 덧붙이는 게 낫겠다. "용감한 사람들은 정식한 사람들이 자신의 자선 행위를 숨기듯이 그들의 행위를 숨긴다. 그들은 그러한 행위를 감추거나 변명한다."

생텍쥐페리가 뭐라고 말하든, 그는 '그런 사실을 잘 알고' 말하는 것이다. 수시로 나타나는 위험에 맞서본 개인적 경험은 이 책에 누구도 흉내낼 수 없는 생생한 현장감을 부여해준다. 우리는 전쟁이나 모험에 관해 그럴듯하게 지어낸 이야기들을 수없이 접한다. 때로 작가의 뛰어난 재주를 발견하기도 하지만 진짜 모험가들이나 병사들이 그런 이야기를 읽는다면 실소할 것이다. 이 책은 내가 찬탄해 마지않는 문학성을 지니고 있는데다 다큐멘터리로서의 가치도 뛰어나다. 이 두 장점이 아주 잘 융합되어『야간비행』을 더욱 빛나게 한다.

앙드레 지드

---

* 르네 캥통. 19세기 프랑스 심리학자, 항공 분야 선구자.

차례

머리말　7
야간비행　15

해설 | 존재와 도전, 자유와 의무 사이에서　123
앙투안 드 생텍쥐페리 연보　133

1

 비행기 아래로 보이는 언덕들은 벌써 황금빛 노을 속에 골마다 그림자를 드리우고 있었다. 들판은 아직 꺼지지 않을 것 같은 눈부신 빛으로 환했다. 이곳의 언덕과 들판에는 겨울이 끝났어도 여전히 눈이 남아 있듯이 황금빛 노을이 남아 있었다.
 그리고 남쪽 끝 파타고니아에서 우편기를 몰고 부에노스아이레스로 오던 파비앵은 항구의 바닷물을 보고 저녁 무렵임을 알아차렸다. 평온한 구름들이 물살 위에 살짝 만들어놓은 가벼운 주름이 밤이 다가온다고 말해주었다. 그는 거대하고 행복한 정박지로 들어서고 있었다.
 이런 평온한 분위기 속에서, 그는 자신이 목동처럼 천천히 산책을 하는 중이라는 착각을 했을 수도 있다. 파타고니아의 목동들이 서두르지 않고 가축들 무리 사이를 이동해가듯이, 그는 한 도시에서 다른 도시로 옮겨가고 있었다. 말하자면 그는 소도시들 사이를 지나가는 목동이었다. 그는 강가로 물을 마시러 오거나 들판에서 풀을 뜯는 가축들을 두 시간에 한 번쯤 마주치곤 했다.

이따금 바다보다 더 사람이 없는, 백 킬로미터에 걸친 초원 지대를 지나다 버려진 농가를 만나기도 했는데, 그것은 마치 인생이라는 짐을 실은 채 초원의 일렁이는 물결 속에 뒤처진 한 척의 배처럼 보여, 그는 비행기 날개를 움직여서 그 배에 인사를 보내곤 했다.

"산훌리안이 보임. 십 분 뒤 착륙 예정."

기내 무선사는 항로의 모든 무선국으로 소식을 보냈다.

마젤란해협에서 부에노스아이레스까지 이천오백 킬로미터에 걸쳐 비슷한 모습의 기항지들이 늘어서 있었다. 그러나 이 기항지는 마치 아프리카에서 마지막으로 정복된 촌락이 신비 속에 있듯 밤의 경계선에 펼쳐져 있었다.

무선사는 조종사에게 쪽지를 전했다.

"뇌우가 너무 심해서 헤드폰에 잡음밖에 들리지 않음. 산훌리안에서 자고 갈까요?"

파비앵은 미소 지었다. 하늘은 수족관처럼 평온했고, 그들 앞에 펼쳐진 모든 기항지가 그들에게 "하늘 맑음, 바람 없음"이라는 신호를 보내오고 있었다.

그는 답했다.

"계속 갑시다."

그러나 무선사는 과일 속에 자리잡은 벌레처럼 뇌우가 어딘가에 둥

지를 틀고 있다고 생각했다. 밤은 아름답지만 썩어들어갈 것이다. 그래서 그는 썩은 기운을 품고 있는 이 어둠 속으로 들어가기가 꺼려졌다.

산훌리안을 향해 저속으로 하강하면서, 파비앵은 피곤을 느꼈다. 집, 작은 카페, 산책로의 나무 등 인간의 삶을 따뜻하게 만들어주는 모든 것이 그에게 점점 크게 다가오고 있었다. 그는 정복 전쟁에서 승리한 날 저녁, 자신이 획득한 제국의 영토를 굽어보면서 인간의 소박한 행복을 발견하게 되는 정복자 같았다. 파비앵은 무기를 내려놓고 천근만근인 몸과 곳곳의 근육통을 음미하고 싶었다. 가난 속에서도 마음은 풍요로울 수 있으므로, 이제 평범한 인간으로 돌아가 창가에서 변치 않는 풍경을 바라보고 싶었다. 비록 작은 마을일지라도, 그는 이 마을을 받아들였을 것이다. 일단 선택하고 나면, 우리는 그 우연에 만족하고 사랑할 수 있게 된다. 마치 사랑처럼 우리를 가둔다. 파비앵은 여기에서 오래도록 살며 이곳의 영원함 속에 자신의 자리를 마련하고 싶었을 것이다. 그가 한 시간쯤 머물렀던 소도시들과 그가 지나쳤던 낡은 담장으로 둘러친 정원들은 그와는 상관없이 영원히 지속될 것처럼 보였기 때문이다. 마을은 그를 향해 솟아오르면서 그에게 문을 활짝 열어주었다. 그래서 파비앵은 우정과 착한 소녀들과 새하얀 식탁보의 아늑함, 그리고 서서히 영원한 것으로 길들여지는 모든 것을 생각했다. 마을은 벌써 날개에 닿을 듯이 펼쳐져 있고, 닫힌 정원들은 담장이 더이상 보호막이 되지 못하자 그 신비로움을 드러냈다. 그러나 파비앵은 착륙하면서 돌담 사이로 천천히 움직이는 사람들 말고는 아무것도 보지 못했음을 알았다. 이 작은 마을은 부동성을 통해 열정의 비밀을 지키며, 온화함을 내어주기를 거부하고 있었다. 그 온화함을 얻으려면 행동을 포기했어야만 했다.

기항한 지 십 분이 흘렀고, 파비앵은 다시 출발해야 했다.
그는 산훌리안을 되돌아보았다. 그곳은 이제 한줌의 빛이 되었다가 별이 되었다가 먼지가 되어 흩어지면서 마지막으로 그를 유혹했다.

"계기판이 보이지 않아. 불을 켜야겠다."
그는 스위치를 켰다. 조종석의 붉은색 램프가 계기판을 비추었는데, 대기의 푸른빛에 희석되어 계기판 바늘은 보이지 않았다. 그는 전구 앞에 손가락을 대보았는데, 손가락들도 붉게 비칠락 말락 한 정도였다.
"너무 일러."
어둠이 검은 연기처럼 피어오르더니 어느새 계곡을 가득 채웠다. 이제는 계곡과 들판을 구분할 수 없었다. 그러나 이미 마을에 불이 들어왔고, 그들은 별자리처럼 빛으로 서로 인사를 나누는 듯했다. 그 역시, 손가락을 움직여 자신의 표지등을 깜빡이는 것으로 마을에 화답했다. 바다를 향해 등대를 밝히듯 집집마다 거대한 어둠에 맞서 자기 별에 불을 밝혀, 대지는 서로에게 보내는 환한 신호로 가득했다. 사람들의 삶과 관련된 모든 것이 이미 반짝이고 있었다. 파비앵은 이번에는 어둠 속으로 들어가는 것이 마치 정박지로 들어가는 것처럼 느리고 아름답게 이루어지고 있음에 감탄했다.
그는 계기판들을 뚫어져라 들여다보았다. 바늘들이 형광빛을 내기 시작했다. 그는 계기판 숫자를 하나하나 확인하고 나서야 자신이 하늘에 확고하게 자리잡고 있음을 알고 만족했다. 그가 동체의 기둥에 손가락을 대자, 금속 내부에 흐르는 생명의 떨림이 전해졌다. 금속은 진동하는 게 아니라, 살아 숨쉬고 있었다. 오백 마력의 엔진이 이 쇳덩이 속에 아주 부드러운 전류를 흐르게 해서, 얼음같이 차가운 금속을 벨벳같이 부드러운 살로 바꾸어놓았다. 한번 더, 조종사는 비행중에 현기증이나 도취가 아닌, 살아 있는 육체의 신비로운 작용을 경험했다.

이제 그는 또하나의 세계를 새로이 구축하고, 거기에 아주 편안하게 정착하기 위해 팔을 놀렸다.

그는 배전반을 손으로 톡톡 두드려보고, 스위치를 하나하나 만져보고, 유동적인 밤의 어깨 위에 얹혀 있는 오 톤짜리 금속덩어리의 흔들림을 잘 느낄 수 있는 최적의 자세를 취하려고 몸을 약간 움직여 등받이에 좀더 편하게 기댔다. 그러고 나서 손을 더듬어 비상 램프를 제자리로 가져다놓고, 그대로 놔뒀다가 다시 찾아서 램프가 미끄러지지 않는지 확인했다. 그러고는 손을 떼고, 이번에는 각 레버를 더듬어 어둠 속에서도 확실히 조작할 수 있도록 손가락을 훈련했다. 손가락으로 그 위치를 다 익히고 나서, 그는 램프에 불을 켜서 조종석의 정밀한 기계들을 정비하고, 오직 계기판에 의지해 잠수부처럼 조심스럽게 어둠 속으로 진입했다. 이윽고 아무것도 흔들리거나 떨리거나 진동하지 않고 자이로스코프와 고도계와 엔진이 안정적으로 유지되자, 그는 조심스레 기지개를 켜고 목덜미를 가죽의자에 기댄 채 설명할 수 없는 희망을 맛보게 되는 비행에 대해 깊은 명상을 시작했다.

이제 그는 밤의 한복판에서 불침번처럼, 밤이 인간을 보여준다는 것을 깨닫는다. 이런 신호, 이런 불빛, 이런 불안을 보여준다는 것을 말이다. 어둠 속의 별 하나는 고립된 집 한 채를 의미한다. 별 하나가 꺼진다. 그것은 사랑에 대해 문을 닫은 집이다.

어쩌면 권태에 대해서도 문을 닫았거나. 그 집은 세상에 신호 보내기를 중단한 집이다. 전등 불빛 아래, 식탁에 팔꿈치를 괴고 앉은 농부들은 자신이 무엇을 바라는지 모른다. 농부들은 그들을 가둔 거대한 어둠을 뚫고 자신들의 욕망을 아주 멀리까지 보내고 있음을 모른다. 그러나 파비앵은 이제 막 천 킬로미터를 날아와서, 높은 파고가 살아 숨쉬는 비행기를 들어올렸다 내렸다 하는 것을 느낄 때마다, 전쟁터 같은 뇌우를 열 개쯤 통과하고 그 사이사이 달빛 받은 공터를 지날 때마다, 그리고 이 빛들을 하나하나 정복하는 기분으로 지나갈 때마다 그들의 욕망을 알아본다. 농부들은 자신들의 불빛이 소박한 식탁을 밝히기 위해 빛난다고 생각하지만, 그들로부터 팔십 킬로미터 떨어진 곳에 있는 사람은 그 불빛 신호에 감동을 느낀다. 마치 그들이 바다 한가운데 무인도에서 절망에 빠져 구조의 불빛을 흔들기라도 하는 양 말이다.

2

 파타고니아, 칠레, 파라과이를 출발한 세 대의 우편기는 각각 남쪽, 서쪽, 북쪽에서 부에노스아이레스를 향해 돌아오고 있었다. 부에노스아이레스에서는 자정 무렵에 출발시킬 유럽행 우편기에 이 세 대의 우편기가 실어올 우편물들을 적재하려고 대기하고 있었다.
 한 척의 짐배 같은 비행기에 각자 몸을 싣고 어둠 속에서 명상에 잠긴 채 비행중인 세 조종사는 폭풍우가 일거나 평화로운 하늘로부터 거대한 도시를 향해 천천히 내려올 것이다. 마치 일을 마치고 산에서 내려오는 벽지의 농부들처럼.
 전 항공 노선을 총관하는 책임자 리비에르는 부에노스아이레스 기항지의 착륙장을 서성이고 있었다. 그는 침묵을 지켰다. 이 세 대의 우편기가 도착하기 전까지, 그의 불안한 하루는 끝난 게 아니었다. 분 단

위로 전보가 오자 리비에르는 자신이 운명으로부터 무언가를 탈취하고, 모르는 부분을 줄이고, 승무원들을 어둠에서 끌어내 해안으로 이끌고 있다고 느꼈다.

잡역부 한 명이 무선국에서 온 소식을 전하려고 리비에르에게 다가왔다.

"칠레 우편기가 부에노스아이레스의 불빛이 보인다고 연락해왔습니다."

"좋아."

리비에르는 곧 그 비행기 소리를 듣게 될 것이다. 마치 파고가 높은 신비의 바다가 오랫동안 쥐고 흔들어대던 보물을 해안에 토해내듯이 밤은 이미 한 대를 토해낸 것이다. 한참 뒤에 다른 두 대도 밤으로부터 돌려받게 될 것이다.

그러면 오늘 하루가 마감되리라. 이윽고 이제 막 비행을 끝낸 승무원들은 자러 가고, 대기중이던 승무원들이 바통을 이어받을 것이다. 그러나 리비에르는 쉴 수가 없다. 이제 그는 유럽행 우편기 때문에 불안해질 테니까. 그는 항상 그런 식이다. 항상. 이 늙은 전사는 처음으로 자신이 지쳤다고 느끼고는 깜짝 놀랐다. 비행기의 도착은 전쟁을 끝내고 행복한 평화의 시대를 여는 그런 승리와는 전혀 다르다. 그에게는 유사한 수천 걸음에 앞서 내디딘 한 걸음에 지나지 않는다. 리비에르는 오래전부터 팔을 뻗쳐서 몹시 무거운 짐을 들어올리고 있는 것 같았다. 휴식도 희망도 없는 노력이었다. '난 이제 늙었어……' 자신의 유일한 행위에서 더이상 위안을 찾을 수 없다면, 그건 나이가 들었다는 뜻이었다. 그는 지금까지 한 번도 제기해본 적이 없는 문제를 깊이 생각하고 있는 스스로가 놀라웠다. 그렇지만 그가 항상 의도적으로 멀리해왔던 모든 감미로운 것들이 우울하게 속삭이며 그에게 다가왔다. 그것은 잃어버린 대양大洋이었다. '이 모든 것이 이토록 가까이에 있었던가?……' 그는 자신이 노년에 이를 때까지, 인생을 감미롭게 해줄 모든 것들을 '시간이 생기면'이라는 전제로 조금씩 미뤄왔음을 깨달았다. 실제로 언젠가는 여유 시간을 가질 수 있을 것처럼, 인생의 끝자락에서는 상상해온 행복한 평화를 얻게 될 것처럼. 그러나 평화는 없다. 어쩌면 승리도 없을 것이다. 모든 우편기가 최종적으로 도착하는 날이란 오지 않는다.

리비에르는 근무중이던 늙은 정비반장 르루 앞에 멈춰 섰다. 르루는 사십 년 전부터 일해왔다. 그는 온 힘을 다 바쳐 일했다. 밤 열시나 자정 무렵에 귀가하는 그에게 집은 또다른 세계도, 도피처도 되지 못했다. 리비에르가 미소 띤 얼굴로 르루를 바라보자, 르루는 무거운 표정으로 고개를 들고 푸르스름한 회전축을 가리키며 말했다. "이게 너무 꽉 조여 있어서 제가 조절해뒀습니다." 리비에르는 상반신을 기울여 그 회전축을 들여다보았다. 그는 직업의식이 발동해 한마디했다. "이 부품들을 더 느슨하게 조절하라고 작업반에 말해야겠군." 리비에르는 잠시 기계의 마모된 흔적을 손가락으로 더듬어보고는 다시 르루에게 시선을 돌렸다. 르루의 주름 많은 얼굴 앞에서, 리비에르는 갑자기 우스꽝스러운 질문이 떠올라 미소 지으며 물었다.

"살면서 사랑에 빠져본 적이 많나, 르루?"

"오! 사랑이라, 소장님께서도 아시다시피……"

"자네도 나와 마찬가지로 시간이 없었겠지."

"그리 많지 않았죠……"

리비에르는 그 대답에 씁쓸함이 묻어나는지 어떤지 알고 싶어 그의 말투에 귀를 기울였다. 씁쓸함은 없었다. 이 남자는 자신의 지난 삶과 마주하며, 이제 막 아름다운 판자 하나를 다듬고는 "자, 다 됐군"이라고 말하는 소목장이처럼 조용한 만족감을 맛보고 있었다.

'자, 내 인생도 다 됐군.' 리비에르는 생각했다.

그는 몸이 피곤한 탓에 떠오른 온갖 슬픈 생각을 밀어내고, 격납고로 향했다. 칠레에서 온 비행기가 요란한 소리를 내고 있었다.

3

 멀리서 들려오던 엔진소리가 차츰 가까워졌다. 소리가 무르익어갔다. 불이 켜졌다. 붉은색 항공표지등이 켜지자, 격납고, 무선전신 철탑, 네모난 빈터가 드러났다. 축제가 준비되고 있었다.
 "도착했다!"
 비행기가 관제등 불빛 속으로 굴러들어가고 있었다. 너무 눈부시게 빛나서 새것같이 보였다. 마침내 비행기가 격납고 앞에 멈추자 정비사들과 잡역부들은 우편물을 내리기 위해 바삐 움직였지만, 조종사 펠르랭은 꼼짝도 하지 않았다.
 "이봐요, 안 내릴 거예요?"
 조종사는 무슨 신비한 생각에 사로잡혀 있는지 대답이 없었다. 어쩌면 아직도 비행중 듣던 소음에서 못 벗어나는지도 몰랐다. 그는 천천히 고개를 끄덕이더니 상반신을 앞으로 기울여 무언가를 조작했다. 그는 마침내 상사와 동료들을 향해 돌아서더니, 그들이 마치 자신의 소유물인 양 진지하게 바라보았다. 그는 그들의 수를 세어보고, 측정해보고, 무게를 가늠해보는 것 같았다. 그러고는 그들을 온전히 되찾았다고 생각했다. 또한 축제가 시작된 격납고, 단단한 시멘트 활주로, 그리고 더 멀리, 활기찬 이 도시와 이곳의 여자들, 이곳의 열정까지도. 펠르랭은 이 사람들이 자신의 신하라도 되는 양 자기의 커다란 손아귀에 움켜쥐었다. 그는 그들을 만질 수 있고 그들의 말을 들을 수 있고 그들에게 욕을 할 수도 있게 된 것이다. 처음에 그는 달구경이나 하면서 태평하게 살고 있다고 그들에게 욕을 할 생각이었다. 그러나 그는 너그러운 사람이었다.

"······술이나 한잔 사요!"

펠르랭은 비행기에서 내려오며 말했다.

그는 이번 비행에 대해 말하고 싶었다.

"오늘 비행이 어땠는지 아신다면 정말!······"

그러나 그 말만으로도 충분하다고 생각했는지, 그는 더이상 말을 잇지 않고 비행복을 벗으러 갔다.

침울한 감독관과 말없는 리비에르와 함께 자동차를 타고 부에노스아이레스로 이동하면서, 펠르랭도 우울해졌다. 일에서 벗어나, 무사히 두 발로 서서 욕을 실컷 할 수 있으니 좋다. 이 얼마나 짜릿한 쾌감인가! 하지만 돌이켜보면 뭔지 모를 의심이 들었다.

태풍과의 사투는 적어도 현실적이고, 명백한 일이다. 하지만 그것은 사물의 얼굴, 사물이 혼자 있을 때의 얼굴이 아니다. 그는 생각했다.

'그것은 꼭 반란 같지. 방금 전까지만 해도 창백하던 얼굴이 그렇게 변하다니!'

펠르랭은 당시 상황을 기억해내려고 애썼다.

그는 안데스산맥을 평화롭게 넘고 있었다. 겨울 눈으로 뒤덮인 산은 더없이 평화로웠다. 세월이 흘러 성채들에 평화가 깃들듯, 겨울 눈은 거대한 산맥에 평온함을 부여했다. 이백 킬로미터에 걸쳐 단 한 사람도, 단 하나의 살아 있는 숨결도, 단 한 번의 저항의 흔적도 없었다. 수직의 능선, 비행기가 스칠 듯한 육천 미터 고도의 봉우리들, 병풍처럼 펼쳐진 기암절벽. 그리고 무시무시한 평온만이 있을 뿐이었다.

투풍가토 산봉우리 주변이었다……

그는 기억을 더듬었다. 그렇다, 그가 어떤 기적을 목격했던 곳은 바로 거기였다.

처음에는 아무것도 보지 못했지만, 왠지 마음이 불편했다. 혼자 있는 줄 알았는데, 혼자가 아니라 누군가가 자기를 지켜보고 있다는 것을 알았을 때처럼. 그는 너무 늦게, 그 이유도 알지 못한 채 자신의 주변이 분노로 가득차 있음을 느꼈다. 그런데 그 분노는 도대체 어디서 왔을까?

그 분노가 돌에서 나오고, 눈에서 나온다는 것을 무슨 수로 짐작했겠는가? 그에게는 아무 일도 일어나지 않았고, 폭풍우의 조짐도 없었다. 하지만 그 현장과 크게 다르지 않은 어떤 세계가 다른 세계에서 튀어나오고 있었다. 펠르랭은 왠지 모르게 조마조마한 마음으로 이 무심한 봉우리들과 산등성이와 남은 눈이 연한 잿빛으로 변해버린 산 정상을 바라보고 있었는데, 어느 순간 그것들이 마치 사람처럼 살아 움직이기 시작했다.

싸울 상대가 있는 것도 아닌데, 그는 조종간을 잡은 두 손에 힘을 주었다. 그가 이해할 수 없는 무언가가 준비되고 있었다. 그는 마치 곧 뛰어오르려는 짐승처럼 온몸의 근육을 긴장시켰지만, 눈에 보이는 것은 모두 평온하기만 했다. 그렇다, 평온하지만 그 속에는 어떤 이상한 힘이 장전되어 있었다.

모든 것이 날카로워졌다. 능선도, 봉우리들도 더 뾰족해졌다. 마치 뱃머리처럼 거센 바람을 뚫고 나아가는 듯했다. 거대한 군함이 전투를 위해 유리한 위치를 잡을 때처럼 그의 주위를 맴돌며 떠다니는 것 같았다. 이어 먼지가 피어오르더니 공기에 뒤섞이면서 베일처럼 눈을 주위를 부드럽게 떠돌았다. 그때, 그는 만일의 경우에 대비해 빠져나갈 길을 찾으려고 뒤돌아보고는 몸서리를 쳤다. 뒤편으로 안데스산맥 전체가 부글부글 끓어오르는 듯했다.

'난 이제 죽었군.'

앞쪽에 있는 봉우리에서 눈이 솟구쳐올랐다. 눈을 뿜어내는 화산 같았다. 이어서 약간 오른쪽에 있는 두번째 봉우리에서도, 그리고 다른 모든 봉우리에서도 눈이 솟구쳤는데, 마치 눈에 보이지 않는 봉화주자가 봉우리마다 불을 붙이고 지나간 것처럼 차례로 불타올랐다. 이렇게 공기의 소용돌이가 한바탕 일고 나자, 조종사를 둘러싼 산들이 요동치기 시작했다.

그 격렬한 움직임은 흔적을 거의 남기지 않았다. 펠르랭은 자신을 혼란에 빠뜨렸던 그 엄청난 소용돌이를 더이상 기억하지 못했다. 그는 다만 그 잿빛 불꽃들 속에서 맹렬히 몸부림친 기억밖에 없었다.

그는 곰곰이 생각했다.

'태풍은 아무것도 아니야. 목숨은 구할 수 있어. 하지만 그 직전이 문제야! 태풍과 맞닥뜨리기 직전의 순간이란!'

그는 천의 얼굴 중 하나를 만났다고 생각했지만, 이미 그 얼굴을 잊어버렸다.

4

리비에르는 펠르랭을 바라보았다. 이십 분 뒤면, 펠르랭은 자동차에서 내려 노곤하고 찌뿌듯한 상태로 군중 속에 뒤섞일 것이다. 그는 어쩌면 '무척 피곤하군…… 빌어먹을 직업!'이라고 생각할지도 모른다. 그리고 아내에게는 "안데스산맥 위에 있는 것보다 여기가 더 좋아" 따위의 말을 할 수도 있을 것이다. 그렇게 말할지라도 그는 사람들이 아주 강하게 애착을 느끼는 모든 것에 초연했다. 그는 그 모두가 부질없음을 이제 막 깨달은 참이었다. 그는 이 도시의 불빛 속에 다시 서게 되리라는 보장도 없이 몇 시간 동안 이 세계의 반대편에서 살다 왔다. 성가시지만 사랑스러운 어릴 적 여자 친구들, 인간으로서 그의 작은 결점들을 되찾게 되리라는 보장도 없이 말이다. 리비에르는 이런 생각을 하고 있었다. '이 군중 속에는, 겉으로 봐서는 알 수 없지만 놀라운 일을 하는 특별한 이들이 있다. 그들 자신도 그 사실을 모른다. 남들이 말하지 않는 한……' 리비에르는 그들에게 감탄하는 사람들을 경계했다. 그런 사람들은 이 모험의 신성한 성격을 이해하지도 못하면서 감탄사를 연발해 의미를 왜곡시키고 인간을 보잘것없게 만들어버린다. 그러나 펠르랭은 어느 날 얼핏 본 세상의 가치를 누구보다 잘 알고, 통속적인 칭찬을 경멸하고 거부할 줄 아는 위대함을 지니고 있었다. 리비에르 역시 "어떻게 해낸 거야?"라는 말로 그를 칭찬해주었다. 리비에르는 마치 대장장이가 제 모루에 대해 말하듯, 자신의 직업과 비행에 대해 담담하게 말하는 펠르랭을 사랑했다.

펠르랭은 우선 진퇴양난의 상황을 설명하고 나서, 변명하듯이 덧붙였다. "선택의 여지가 없었어요." 눈보라가 앞을 가려 아무것도 볼 수 없었다. 하지만 거센 기류가 비행기를 칠천 미터 상공으로 들어올린 덕분에 살아났다. "횡단 내내 산 정상을 스칠 듯이 지나가야 했어요." 그는 자이로스코프의 흡기구 위치를 바꿔야 했다는 이야기도 했다. 눈이 흡기구를 막아버렸던 것이다. "꽁꽁 얼어붙었으니까요, 아시겠지만." 얼마 뒤 또다른 기류가 펠르랭을 덮쳐 이번에는 삼천 미터 높이로 곤두박질쳤는데, 어떻게 아무것에도 부딪히지 않았는지 이해할 수 없었다. 이미 그는 평원 위를 날고 있었다. "갑자기 맑은 하늘 속으로 진입하게 되면서 그 사실을 알았죠." 그 순간, 그는 마침내 동굴에서 빠져나오는 듯한 느낌이 들었다고 말했다.

"멘도사에도 태풍이 있었나?"
"아니요. 제가 착륙할 때에는 바람 한 점 없는 맑은 하늘이었어요. 하지만 태풍이 바짝 따라오고 있었죠."

그는 "아무튼 이상한 태풍이었습니다"라며, 이상해서 설명한다고 했다. 태풍의 정상은 아주 높이 눈구름 속에 있어 보이지 않았고, 아래로는 검은 용암처럼 평원 위를 휩쓸고 지나가며 도시를 하나하나 차례로 집어삼켰다. "저는 그런 태풍은 생전 처음 봐서……" 그러고는 회상에 잠겨 말을 잇지 못했다.

리비에르는 감독관을 돌아보았다.

"태평양에서 온 태풍인데, 예보를 너무 늦게 받았어. 이런 태풍은 절대로 안데스를 넘지 않으니까."

"태풍이 동쪽으로 계속 뒤쫓아오리라고는 아무도 예상하지 못했지요."

감독관은 아무것도 모른 채 동의했다.

감독관은 망설이는 듯하더니 펠르랭을 돌아보았다. 목울대가 움직였다. 그러나 입을 열지는 않았다. 그는 정면을 응시하며 생각에 잠겼다가 우울한 위엄을 되찾았다.

그는 우울을 마치 여행가방처럼 끌고 다녔다. 애매한 일로 리비에르의 호출을 받아 어젯밤 아르헨티나에 도착한 그는 자신의 커다란 손과 감독관으로서의 체면 때문에 마음이 불편했다. 그에게는 환상이나 열정에 대해 칭찬할 권리가 없었다. 직책상 완벽한 업무 이행만을 칭찬할 수 있을 뿐이었다. 그는 그들의 동료로서 함께 한잔할 수도, 동료와 반말을 할 수도 없었으며, 아주 간혹 있는 우연으로 같은 기항지에서 다른 감독관을 만나 내놓고 험담을 주고받을 수도 없었다.

'심판관처럼 굴어야 하는 건 괴로운 일이야.' 그는 생각했다.

사실을 말하자면, 그는 심판하지 않고 그저 고개만 끄덕이고 있었다. 그는 아무것도 몰랐기에 자신이 마주하는 모든 것에 천천히 고개만 끄덕일 뿐이었다. 이 모습은 사람들로 하여금 양심의 가책을 느끼고, 설비를 양호한 상태로 유지하게끔 했다. 그는 결코 사랑받지 못했다. 감독관은 사랑받기 위해서가 아니라 보고서 작성을 위해 존재했다. 그는 리비에르로부터 "로비노 감독관은 우리에게 시詩 말고 보고서를 제출해주셨으면 합니다. 로비노 감독관은 직원의 열정을 고무하는 일에 자신의 능력을 발휘해주기 바랍니다"라는 메모를 전달받은 후로 새로운 방법과 기술적 해결책 제안하기를 그만두었다. 그후 그는 밥 먹듯 인간의 약점에 매달렸다. 술 마신 정비사에게, 밤을 꼬박 새운 비행장 책임자에게, 불시착한 조종사에게.

리비에르는 그에 대해 이렇게 말했다. "아주 영리하지는 않지만, 그래서 더 두루 쓰임새가 많은 사람이지." 리비에르가 세운 규칙은, 리비에르에게는 인간에 대한 인식이었지만, 로비노에게는 규칙에 대한 인식에 불과했다.

어느 날 리비에르는 이렇게 말했다. "로비노, 늦게 출발한 사람들에게는 정시 출발시의 특별수당을 지급하지 말게."

"불가항력인 경우에도요? 안개 때문이라도요?"

"안개 때문인 경우에도 마찬가지일세."

로비노는 부당해진대도 개의치 않는 강한 상사를 모신다는 데 자부심을 느꼈다. 그리고 로비노 자신도 남의 감정을 상하게 할 수도 있는 그런 능력에서 위엄을 이끌어낼 것이었다.

그는 나중에 비행장의 책임자들에게 그 말을 그대로 되풀이했다.
"당신은 여섯시 십오분에 비행기를 출발시켰으니 특별수당을 지급할 수 없소."

"하지만 로비노 씨, 다섯시 삼십분에는 십 미터 앞도 볼 수 없었다고요!"

"이건 규칙이오."

"하지만 로비노 씨, 안개를 빗자루로 쓸어낼 수도 없잖아요!"

로비노는 수수께끼 같은 자신을 방패로 삼았다. 그도 관리자에 속했다. 팽이처럼 움직이는 자들 가운데 그만이 사람들을 벌주어 시간을 엄수하도록 만들 수 있음을 이해하고 있었다.

"그는 아무 생각도 하지 않아. 그게 잘못 생각하는 것을 피하는 길이지." 리비에르는 그에 대해 이렇게 말하곤 했다.

조종사가 비행기에 손상을 입히면, 무사고 특별수당을 받지 못했다.

로비노가 물었다. "하지만 숲속에서 고장이 났다면요?"

"숲에서도 마찬가지일세."

로비노는 그 점을 명심했다.

나중에 그는 열성적으로 조종사들에게 이렇게 말하곤 했다. "정말 유감스럽군. 정말로 심히 유감스럽지만, 다른 곳에서 고장이 났어야 했어."

"하지만 로비노 씨, 그건 선택할 수 있는 문제가 아니라고요!"

"이건 규칙이오."

리비에르는 생각했다. '규칙이란 종교의례와 비슷해서 부조리해 보이지만 한편으로는 사람을 도야시키지.' 정당하냐 부당하냐의 문제는 리비에르에게 아무런 상관이 없었다. 어쩌면 이런 말은 그에게 아무 의미도 없을지 모른다. 작은 도시의 소시민들은 저녁마다 공원 야외 음악당 주위를 서성이는데, '그들에게 정당하냐 부당하냐는 아무 의미도 없지. 그들은 존재하지도 않으니까'라고 리비에르는 생각했다. 그에게 사람이란 빚기 전의 밀랍덩이에 불과했다. 그는 이 재료에 영혼을 불어넣고 의지를 창출해야 했다. 그는 사람들을 엄격하게 다스려 굴복시키려는 것이 아니라 그들 자신을 뛰어넘게 할 생각이었다. 어떤 이유로든 출발 시간을 지키지 못하면 무조건 벌을 주는 것은 부당한 일이었지만, 모든 기항지에서 정시 출발을 하도록 긴장하게 만드는 효과가 있었다. 그는 이런 의지를 창출해냈다. 날씨가 나쁜 날을 쉬는 날로 여기고 좋아하도록 내버려두지 않아서 리비에르의 직원들은 조마조마해하며 날씨가 개기를 기다렸고, 이륙이 지연되는 것을 말단 잡역부들까지도 수치스럽게 여겼다. 갑옷처럼 뚫릴 것 같지 않던 날씨에 조금이라도 빈틈이 생기면 곧바로 이를 이용했다. "북쪽 뚫림, 출발!" 리비에르 덕분에 그들은 만오천 킬로미터를 오가는 우편기를 무엇보다도 숭배하게 되었다.

리비에르는 가끔 이렇게 말하곤 했다.

"저들은 행복해. 자기가 하는 일을 사랑하니까. 내가 혹독하게 군 덕분에 저들이 자기 일을 사랑하게 된 거지."

어쩌면 그들을 고통스럽게 했는지도 모르지만, 리비에르는 그들에게 강렬한 기쁨도 주었다.

'그들이 강렬한 삶을 향해 나아가도록 밀어줘야 해.' 그는 생각했다. '고통과 기쁨을 동시에 불러오는 강렬한 삶으로 나아가도록. 그런 삶만

이 중요하니까.'
 자동차가 도심으로 들어서자, 리비에르는 회사 사무실로 향했다. 펠르랭과 단둘이 남게 된 로비노는 그를 바라보다가 말을 걸려고 입을 열었다.

5

그렇지만 그날 저녁 로비노는 무척 피곤했다. 그는 정복자 펠르랭 앞에서 자신의 삶은 초라하다는 것을 깨달았다. 그는 감독관이라는 직함과 권위를 지녔음에도, 피곤에 찌들어 자동차의 한쪽 구석에 눈을 감은 채 웅크리고 앉은, 기름때로 손이 시커먼 이 남자보다 자신이 가치가 없다는 생각이 들었다. 로비노는 처음으로 감탄했고, 이 사실을 말하고 싶었다. 펠르랭과 친구가 되고 싶었다. 그는 그날의 여정과 실패로 지쳐 있었고, 자신이 약간 우습게 보일 수도 있겠다고 느꼈다. 그날 저녁 그는 기름 재고량을 확인하는 과정에서 계산 실수를 저질렀는데, 그가 현장에서 잘못을 적발하려고 노렸던 바로 그 직원이 그를 딱하게 여겨 대신 계산을 마무리해주었다. 하지만 더욱 곤혹스러웠던 일은 그가 B4형과 혼동하여 B6형 오일펌프의 조립에 대해 지적한 것이었다.

정비공들은 의뭉스럽게도 이십 분 동안이나 그가 '변명의 여지 없는 무지'를 드러내며 그들을 혼내도록 내버려두었다.

그는 호텔의 자기 방도 두려웠다. 툴루즈에서부터 부에노스아이레스에서까지, 그는 일이 끝나면 언제나 호텔방으로 돌아갔다. 비밀들로 마음이 무거워진 로비노는 방에 틀어박혀 종이 묶음을 꺼내 천천히 '보고서'라고 쓰고는 몇 줄 끄적이다가 전부 찢어버리곤 했다. 그는 회사가 큰 위기에 처한다면 자기가 회사를 구하고 싶었다. 그러나 회사는 잘 굴러가고 있었다. 이제껏 그가 구해낸 것이라고는 녹슨 프로펠러 회전축밖에 없었다. 그가 비행장 책임자 앞에서 심각한 표정으로 녹슨 부분을 천천히 손가락으로 문지르자 책임자는 이렇게 말했다. "전 기항지에 말씀하세요. 이 비행기는 방금 거기서 왔거든요." 로비노는 자신의 역할에 회의가 들었다.

그는 펠르랭과 가까워지려고 시도해보았다.

"같이 저녁식사를 하실까요? 얘기 좀 나누고 싶군요, 내 일이란 게 가끔 너무 고돼서……"

그는 자신을 너무 낮추는 게 아닌가 싶어 곧바로 말을 바꾸었다.

"제가 책임져야 하는 게 너무 많으니까요!"

부하 직원들은 자신들의 사생활에 로비노가 끼어드는 걸 결코 좋아하지 않았다. 그들은 각자 이런 생각을 했다.

'로비노가 아직 보고서 쓸 거리를 찾지 못했다면, 너무 허기진 나머지 나를 잡아먹으려 들 거야.'

그러나 로비노는 그날 저녁 자신의 비참함만을 생각했다. 누구에게 말하기 곤란한 그의 유일한 비밀인 습진 때문에 괴로운 몸에 대해 말하고 싶었고 고충을 털어놓고도 싶었다. 오만한 태도로는 결코 위로받을 수 없기에 겸손한 태도를 취하려 했다. 그 역시 프랑스에 애인이 있었고, 프랑스로 돌아간 날 밤이면 그녀에게 감독 일에 대해 이야기하여 환심을 사고 사랑받고자 했지만, 오히려 반감만 살 뿐이었다. 그는 그녀에 대해서도 털어놓고 싶었다.

"그럼, 저하고 저녁식사를 하시는 거지요?"

사람 좋은 펠르랭은 승낙했다.

6

 리비에르가 부에노스아이레스의 사무실에 들어섰을 때, 직원들은 졸고 있었다. 외투를 걸치고 모자를 쓴 그는 항상 영원한 여행자 같았다. 그는 거의 눈에 띄지 않았는데, 일단 키가 작아서 공기의 흐름을 그다지 바꿔놓지 않았고, 잿빛 머리칼과 특징 없는 옷차림이 배경과 잘 어우러졌기 때문이다. 그렇지만 그의 열정만큼은 사람들에게 활기를 불러일으켰다. 직원들은 바삐 움직이기 시작했고, 사무장은 다급하게 최근 서류들을 끌어다가 뒤적였고, 타자기 두드리는 소리가 나기 시작했다.
 전화교환수는 전화교환기에 연결선을 꽂고 두꺼운 기록부에 전보를 받아 적었다.
 리비에르는 앉아서 전보를 읽었다.

칠레 우편기의 시련도 지나가고, 이제 그는 만족스러운 하루의 기록을 다시 읽었다. 말하자면 모든 일이 순조로운 날, 즉 거쳐간 비행장에서 차례로 보내온 메시지들이 간결한 승전보인 날의 기록을. 파타고니아 우편기 역시 빠르게 진격중이었다. 예정 시간보다 빨리 올 수 있었던 것은 남쪽에서 북쪽으로 부는, 비행에 유리한 바람을 만난 덕분이었다.

"기상 보고서를 가져다주게."

비행장마다 맑은 날씨, 구름 한 점 없는 하늘, 순풍을 자랑했다. 황금빛 저녁놀이 아메리카대륙을 아름답게 물들였다. 리비에르는 모든 일이 순조롭게 진행되는 것을 기꺼워했다. 아직 파타고니아 우편기가 어둠 속 어딘가에서 싸우고 있었지만, 운이 따를 것이다.

리비에르는 보고서를 밀어두며 말했다.

"좋아."

세상의 반을 감시하는 밤의 파수꾼으로서, 업무를 둘러보려고 밖으로 나왔다.

그는 열린 창문 앞에 서서 밤을 이해했다. 밤은 부에노스아이레스를 품고 있었고, 예배당처럼 아메리카도 품고 있었다. 그는 이런 장엄한 느낌에 놀라지 않았다. 칠레의 산티아고 하늘은 낯선 하늘이지만, 우편기가 일단 칠레의 산티아고를 향해 가면, 우리는 그 항로의 이 끝에서 저 끝까지 하나의 웅장한 지붕 아래 살고 있는 것이니까. 무선국에서는 수신기를 통해 또다른 우편기에서 오는 소리에 귀를 기울이고 있었고, 파타고니아의 어부들은 바다에서 그 비행기의 불빛을 보고 있을 것이었다. 비행중인 어떤 비행기에 대한 불안감이 리비에르를 짓누르고 있었다면, 그 비행기의 요란한 엔진소리는 수도들과 지방 도시들을 짓누르고 있을 것이었다.

맑은 밤하늘 때문에 기분이 좋아진 그는, 비행기가 완전히 위험에 빠져 도저히 구하기 힘들 것 같았던 혼란한 밤들의 기억을 더듬었다. 그런 밤이면 부에노스아이레스 무선국에서는 천둥소리와 뒤섞인 비행기의 신음소리에 귀를 기울이곤 했다. 그러나 황금 같은 음파는 귀청을 찢는 굉음 속에 묻혀버렸다. 어둠이라는 장애물 속으로 눈먼 화살처럼 쏘아올려진 우편기의 단조 가락을 듣는 참담한 심정이란!

리비에르는 철야근무를 하는 밤에 감독관이 있어야 할 곳은 사무실이라고 생각했다.

"로비노를 부르게."

로비노는 이제 막 조종사 한 명과 친구가 되려는 참이었다. 그는 호텔에서 그 앞에 자기 가방을 펼쳐놓았다. 가방에는 감독관도 다른 보통 사람들과 비슷하다는 것을 보여주는 물건들이 들어 있었다. 싸구려 셔츠 몇 벌, 세면도구, 그리고 비쩍 마른 여자 사진 한 장. 감독관은 그 사진을 벽에 붙였다. 그는 펠르랭에게 자신의 욕구와 애정과 후회를 멋쩍게 고백했다. 그는 자신의 보물들을 하찮은 순서대로 늘어놓듯이, 조종사 앞에서 자신의 비참한 처지를 늘어놓았다. 정신적 습진. 그는 자신의 감옥이 무엇인지 보여주었다.

그러나 로비노에게도 다른 모든 사람처럼 작은 빛이 있었다. 그는 가방 깊숙한 곳에서 정성스레 포장된 자그마한 꾸러미 하나를 꺼내며 마음이 따뜻해짐을 느꼈다. 그는 오랫동안 말없이 그 꾸러미를 만지작거리다가 마침내 손을 떼며 말했다.

"전 이걸 사하라에서 가져왔죠······"

감독관은 기껏 용기를 내 고백을 하고도 부끄러워서 얼굴을 붉혔다. 그는 자신의 좌절감, 불행한 애정 생활 그리고 온갖 우울한 현실에도 불구하고, 신비의 세계로 향하는 문을 열어주는 이 거무스름한 조약돌들로부터 위안을 받는다고 말했다.

그는 얼굴을 더욱 붉히며 말을 이었다.

"똑같은 조약돌이 브라질에도 있어요······"

펠르랭은 아틀란티스 전설에 심취한 감독관의 구부정한 어깨를 토닥여주었다.

펠르랭은 조심스럽게 물었다.

"지질학을 좋아하시나봐요?"

"엄청요."

그의 인생에서 오로지 그 조약돌만이 그에게 위안을 주었다.

호출을 받았을 때, 로비노는 우울했지만 곧 기운을 차렸다.

"가봐야겠어요. 리비에르 씨가 또 무언가 중대한 결정을 하려고 절 부르네요."

로비노가 사무실에 들어섰을 때, 리비에르는 그를 까맣게 잊고 있었다. 그는 회사의 항로가 붉게 표시된 벽지도 앞에서 생각에 잠겨 있었다. 감독관은 그의 지시를 기다렸다. 몇 분이 지나서야, 리비에르는 고개도 돌리지 않은 채 물었다.

"이 지도를 어떻게 생각하나, 로비노?"

그는 가끔씩 꿈에서 막 빠져나온 양 수수께끼 같은 질문을 던졌다.

"이 지도는요, 소장님……"

사실 감독관은 이 지도에 대해 아무 생각이 없었지만, 경직된 표정으로 그것을 응시하면서 유럽과 아메리카를 훑어보았다. 한편 리비에르는 그와 상관없이 자기만의 생각에 빠져 있었다. '이 항로는 아름답지만 가혹해. 우리에게서 많은 사람을, 그것도 젊은이들을 빼앗아갔지. 이렇게 당당하게 자리잡고 있지만 얼마나 많은 문제를 일으키는지!' 그렇지만 리비에르에게는 목적이 모든 것에 우선했다.

로비노는 그의 옆에서 여전히 지도를 뚫어져라 보며 차츰 몸을 바로 세웠다. 그는 리비에르에게 눈곱만큼의 동정도 기대하지 않았다.

한번은 자신이 대단치 않은 병으로 고생하고 있다는 얘기를 해서 동정을 구해볼 생각이었는데, 리비에르는 농담처럼 대꾸할 뿐이었다. "병 때문에 잠을 못 자면 일을 좀더 할 수 있겠군."

거의 독설에 가까운 말이었다. 리비에르는 언젠가 이런 말을 한 적도 있었다. "음악가가 불면증으로 인해 아름다운 곡을 쓸 수 있다면, 그건 아름다운 불면증이지." 어느 날 그는 르루를 가리키며 말했다. "보게, 얼마나 아름다운가, 사랑을 물리치는 저 못생긴 외모 말이야……" 그는 르루가 지닌 장점은 모두 그가 일에만 매진하게끔 만든 못생긴 외모 덕분이라고 생각하는 것 같았다.

"펠르랭하고는 많이 친해졌나?"

"아……!"

"그 일로 자네를 비난하려는 게 아니야."

리비에르는 반쯤 돌아서더니 고개를 숙인 채, 몇 걸음 걸어가며 로비노를 이끌었다. 그의 입술에 슬픈 미소가 번졌지만, 로비노는 그 의미를 알 수가 없었다.

"다만…… 다만 자네는 상관이라는 거지."

"네, 알겠습니다." 로비노가 대답했다.

리비에르는 이처럼 매일 밤, 하늘에서 어떤 사건이 드라마처럼 펼쳐진다고 생각했다. 의지의 약화는 곧 실수를 유발하고, 그러면 그날은 그 순간부터 많은 투쟁을 하게 될 것이다.

"자네는 자네 역할에 충실해야 해."

리비에르는 말 한마디 한마디에 힘을 주었다.

"자네는 어쩌면 다음날 밤 그 조종사에게 위험한 출발을 명령해야 할지도 몰라. 그는 복종해야 하고."

"그렇죠……"

"어찌 보면 자네는 사람의 목숨을 좌지우지하는 사람이야. 그것도 자신보다 더 가치 있는 사람의 목숨을……"

그는 약간 머뭇거리는 것 같았다.

"이건 중대한 일이지."

리비에르는 여전히 잰걸음으로 이리저리 왔다갔다하며 몇 초간 침묵을 지켰다.

"그들이 자네에게 복종하는 것이 우정 때문이라면, 자네는 그들을 기만하는 거야. 자네는 그들에게 어떤 희생도 강요할 권리가 없어."

"물론이죠……"

"그리고 그들이 자네의 우정 덕분에 고된 일을 면하게 되리라고 생각한다면, 그 또한 그들을 기만하는 일이지. 그들은 무조건 복종해야 하니까 말일세. 거기 앉게."

리비에르는 손으로 부드럽게 로비노를 자기 책상 쪽으로 밀었다.

"나는 자네를 자네 자리로 되돌려놓겠네, 로비노. 자네가 지쳤다면, 자네를 지탱해줄 사람은 그들이 아니야. 자네는 상관이라고. 자네의 나약함은 보기에 좋지 않네. 부르는 대로 써보게."

"저는······"

"이렇게 쓰게. '감독관 로비노는 조종사 펠르랭에게 징계를 내린다. 이러저러한 이유로······' 어떤 구실이든 자네가 찾아보게."

"소장님!"

"자네가 내 말을 알아들었다면 그렇게 하게, 로비노. 자네는 부하들을 사랑해야 하지만 그들에게 사랑한다고 말해서는 안 되네."

로비노는 다시 열성적으로 프로펠러 회전축을 닦으라고 명령할 것이다.

한 비상착륙장에서 무선전신을 보내왔다. "비행기 보임. 비행기 신호 보냄. 속도 낮추고 곧 착륙 예정."

아마도 다시 출발하기까지 삼십 분쯤 걸릴 것이다. 리비에르는 특급열차가 철로에서 갑자기 멈추었을 때, 그리고 몇 분이 지나도 평야에서 벗어나지 못할 때처럼 짜증이 났다. 커다란 벽시계의 바늘이 텅 빈 공간을 가리키고 있었다. 이 두 시곗바늘 사이에서 무수한 사건이 일어날 수 있었다. 리비에르는 기다림을 잠시 잊기 위해 밖으로 나갔다. 밤은 배우 없는 무대처럼 텅 비어 보였다. '이런 밤을 허비하다니!' 그는 창문 너머로 맑게 개어 별이 총총한 하늘과 신성한 항공표지등과 그렇게 탕진해버린 밤의 황금빛 달을 원망스레 바라보았다.

그러나 비행기가 이륙하자 밤은 리비에르에게 더욱 감동적이고 아름답게 느껴졌다. 밤은 태내에 생명을 품고 있었다. 리비에르는 그 생명을 보살폈다.

"날씨가 어떤가?" 그는 승무원에게 물었다.

십 초가 흘렀다.

"아주 좋음."

이어서 비행기가 통과한 도시들의 이름이 들려왔다. 리비에르에게는 이번 전투에서 정복한 도시들의 이름이었다.

7

한 시간 뒤 파타고니아 우편기의 무선사는 누군가가 자신의 어깨를 슬쩍 들어올리는 듯한 느낌을 받았다. 그는 주변을 둘러보았다. 먹구름이 가려서 별은 더이상 보이지 않았다. 그는 땅 쪽을 내려다보았다. 풀숲에 숨어 있는 반딧불이 같은 마을의 희미한 불빛이나마 찾아보려 했지만, 칠흑 같은 숲속에서 불빛이라곤 전혀 보이지 않았다.

전진과 후퇴를 반복하며 정복한 영토를 되돌려줘야 하는 이 힘든 밤을 바라보며 그는 은근히 화가 났다. 그는 조종사의 전략을 이해할 수 없었다. 아무튼 그가 보기에, 더 멀리 갔다가는 벽에 부딪히듯이 두툼한 어둠에 부딪히고 말 것 같았다.

그런데 그때 앞쪽 수평선 근처에서 미미한 번쩍거림이 눈에 들어왔다. 마치 화덕의 희미한 불빛 같았다. 무선사가 파비앵의 어깨를 톡톡

쳤지만, 그는 꼼짝도 하지 않았다.

멀리서 뇌우의 첫번째 돌풍이 비행기를 공격했다. 부드럽게 들어올려진 금속덩어리는 무선사의 육체를 짓누르다가 스르르 풀리더니 녹아 없어져, 그는 어둠 속에서 몇 초간 홀로 붕 떠 있었다. 그래서 그는 두 손으로 금속 기둥들을 단단히 잡고 매달렸다.

무선사는 조종석의 붉은 램프 불빛 외에는 아무것도 보이지 않는 상황에서, 아무런 안전장치도 없이 오직 그 불빛에 의지한 채 어둠의 심연 속으로 빠져들어가는 느낌에 소름이 끼쳤다. 그는 감히 조종사가 어떤 결정을 내렸는지 물어볼 엄두를 못 내고, 금속 기둥을 단단히 붙들고 조종사 쪽으로 상반신을 기울인 채 그의 어두운 뒷덜미를 바라볼 뿐이었다.

흐릿한 불빛 속에 움직임이 전혀 없는 머리와 양어깨의 윤곽이 드러났다. 약간 왼쪽으로 기운 몸뚱이는 시커먼 덩어리에 불과했고, 번갯불이 번쩍일 때마다 어둠이 씻긴 얼굴이 나타났다. 그러나 무선사는 그 얼굴에서 아무것도 보지 못했다. 그 얼굴에는 폭풍을 만났을 때 밀려드는 감정적인 모든 것, 즉 경직된 표정, 결연한 의지, 분노 같은 것이 드러나지 않았다. 그는 이 창백한 얼굴과 저멀리 짧게 번쩍이는 번갯불 사이에 오가는 본질적인 것들을 이해할 수 없었다.

그렇지만 무선사는 꼼짝도 않는 이 그림자의 내면에 축적된 힘을 감지할 수 있었고, 그것을 사랑했다. 어쩌면 그 힘이 그를 뇌우 쪽으로 데려왔을 테지만, 그를 보호해주고 있기도 했다. 조종간을 단단히 쥔 손은 짐승의 목덜미를 짓누르듯 폭풍을 내리누르고 있겠지만, 힘이 잔뜩 들어간 어깨는 미동조차 없어 신중함이 느껴졌다.

무선사는 어쨌거나 전적으로 조종사에게 달린 일이라고 생각했다. 이제 그는 불구덩이 속으로 질주하는 말의 안장에 앉아 있는 꼴로, 그의 앞에 있는 이 시커먼 형체가 상기시키는 물질적인 무게감과 그 영속성을 음미했다.

왼쪽에서 또다른 번갯불이 명멸하는 등대처럼 희미하게 번쩍였다.

무선사가 이 사실을 알리기 위해 파비앵의 어깨를 건드리려는 순간, 파비앵은 천천히 고개를 돌려 이 새로운 적을 몇 초 동안 응시하더니 다시 천천히 원래의 자세로 돌아갔다. 어깨는 여전히 미동도 하지 않았고, 목덜미도 등받이에 기댄 채였다.

8

 리비에르는 되살아나는 불편한 심기를 좀 걸으며 달래보려고 밖으로 나왔다. 행동을, 그것도 극적인 행동을 위해서만 살고 있는 그는, 이상하게도 그 드라마가 무대를 벗어나면 사적인 일처럼 느껴졌다. 그는 작은 도시의 소시민들은 야외 음악당 주변을 서성이며 겉으로는 평온한 삶을 살지만, 때로는 극적인 일들을 겪기도 한다는 생각이 들었다. 질병, 사랑, 죽음 그리고 어쩌면…… 그 자신의 고통이 그에게 많은 것을 가르쳐주었다. '이것이 또다른 창을 열어주리라' 하고 그는 생각했다.
 밤 열한시경이 되어서야 마음이 진정된 그는 사무실 쪽으로 걸어갔다. 그는 영화관 입구에 모인 인파를 어깨로 헤치며 천천히 나아갔다. 그는 눈을 들어 별을 바라보았다. 좁은 도로 위로 보이는 별들은 환한

광고판들 때문에 아주 희미하게 보였다. 그는 생각했다. '오늘 저녁 내 우편기 두 대가 비행중이니, 나는 하늘 전체를 책임지고 있는 셈이다. 저 별은 군중 속에서 나를 찾다가 발견했다는 신호를 보내고 있어. 내가 여기서 조금 이방인 같고 살짝 외로운 건 그 때문이다.'

어떤 음악의 한 악절이 떠올랐다. 어제 친구들과 함께 들었던 소나타의 몇 소절이었다. 친구들은 이해하지 못했다. "저 음악이 지겨운 건 자네나 우리나 마찬가지야. 다만 자네는 그 사실을 인정하지 않을 뿐이지."

"그럴지도······" 그는 대답했다.

오늘밤처럼 그때도 그는 쓸쓸했지만, 이내 그런 고독의 풍요로움을 깨달았다. 그 음악의 메시지는 보잘것없는 평범한 사람들 중에서 유독 그에게만 은밀한 따스함을 전해주었다. 별의 신호도 마찬가지였다. 수많은 사람들의 어깨 너머로, 그만이 알아들을 수 있는 언어로 말을 걸어오곤 했다.

보도에서 누군가 그를 떠밀었다. 그는 계속 생각했다. '화내지 말자. 나는 군중 속에서 종종걸음치는, 아픈 아이를 둔 아버지와 같다. 그 아버지의 가슴속에는 자기 집에 흐르는 무거운 침묵이 담겨 있을 테니 말이다.'

그는 눈을 들어 사람들을 바라보았다. 군중 속에서 사연이나 사랑을 품고 종종걸음치는 사람을 찾아보려 애썼고, 등대지기의 외로움을 생각했다.

그는 조용한 사무실이 마음에 들었다. 그는 사무실 방들을 하나하나 천천히 지나갔고, 그의 발소리만이 울려퍼지고 있었다. 타자기들도 덮개 아래 잠들어 있었다. 가지런히 정돈된 서류들 위로 커다란 수납장은 닫혀 있었다. 십 년간의 경험과 노동. 그는 문득 은행의 지하금고를 방문한 것 같다는 생각이 들었다. 부유함이 짓누르는 곳. 그는 이곳의 장부 하나하나에 금보다 더 귀중한 것이 축적되어 있다고 생각했다. 바로 살아 있는 힘이었다. 은행의 금처럼, 생명이 있지만 지금은 잠자고 있는 힘 말이다.

그는 어디선가 야근하는 직원 한 명을 만나게 될 것이다. 누군가가 밤에도 일을 하고 있기에 삶이 지속되고 의지가 지속될 수 있으며, 툴루즈에서 부에노스아이레스까지 기항지에서 기항지로의 연결이 끊어지지 않고 유지될 수 있는 것이다.

'그 사람은 자기가 얼마나 위대한 일을 하고 있는지 모른다.'

우편기들은 어디선가 여전히 투쟁중이었다. 야간비행은 밤새 지켜봐야 하는 질병처럼 계속되었다. 손과 무릎, 가슴과 가슴을 맞대고 어둠과 맞서 싸우는 이 사람들, 눈에 보이지 않지만 무언가가 움직이고 있다는 것 외에는 아무것도 모른 채로, 바다에서 헤쳐나오듯 맹목적으로 두 팔을 휘저어야 하는 이 사람들을 도와야 했다. 가끔씩은 "내 손을 보려고 불에 비춰보았는데……"라는 식의 참담한 고백을 듣기도 했다. 붉은 현상액 속에서 드러나는 부드러운 손. 그것이 바로 이 세상에 남아 있는 것이고, 우리가 구해내야 하는 것이다.

리비에르는 영업소 사무실 문을 열고 들어갔다. 유일하게 켜져 있는 전등 불빛이 닿는 한구석이 마치 해변의 모래사장 같았다. 타자기 한 대에서 나는 소리만이 이 침묵에 의미를 부여하고 있었지만, 그 소리가

정적을 다 메우지는 않았다. 가끔씩 전화벨이 울렸다. 그러면 당직 직원이 일어서서 이 집요하게 반복되는 슬픈 외침을 향해 걸어가곤 했다. 그가 수화기를 들면 보이지 않는 고뇌가 진정되었다. 어두운 사무실 한 구석에서 아주 부드러운 대화가 오갔다. 그러고 나면 그는 태연하게 자기 책상으로 되돌아왔다. 하지만 외로움과 졸음이 밴 굳은 표정의 얼굴에는 해독할 수 없는 비밀이 깃들어 있었다. 두 대의 우편기가 비행중일 때, 외부에서 걸려오는 밤의 전화는 얼마나 위협적인가? 리비에르는 저녁에 불빛 아래 모인 가족들에게 충격을 줄 전보와 몇 초가 거의 영원처럼 느껴질 시간 동안 아버지의 얼굴에 비밀로 남는 불행을 생각했다. 질러대는 외침과는 거리가 먼, 너무도 조용하고 힘없는 파동이다. 매번, 그는 이 띄엄띄엄 울리는 전화벨 속에서 희미한 메아리를 들었다. 매번, 당직 직원은 마치 대양을 헤엄치는 사람처럼 고독에 빠져 느리게 움직였고, 물속에서 수면을 향해 되올라오는 잠수부처럼 어둠 속에서 불빛을 향해 다가왔는데, 리비에르에게는 그것이 무거운 비밀을 짊어진 듯한 몸짓으로 보였다.

"그냥 있게. 내가 받지."

리비에르가 수화기를 들자, 바깥세상의 잡음이 들려왔다.

"여기는 리비에르."

약한 소음에 이어 곧 사람의 목소리가 들렸다.

"무선국을 연결해드리겠습니다."

다시 잡음이 들리더니, 전화교환기의 연결선 꽂는 소리에 이어 또 다른 목소리가 들려왔다.

"여기는 무선국. 전보를 보내겠습니다."

리비에르는 전보를 받아 적으며 고개를 끄덕였다.

"좋아…… 좋아……"

중요한 소식은 없었다. 규칙적으로 보내오는 업무보고였다. 리우데자네이루는 한 가지 정보를 물었고, 몬테비데오는 날씨에 대해 보고했고, 멘도사는 설비에 대해 말했다. 일상적인 소식들이었다.

"그러면 우편기들은?"

"폭풍우 때문에 비행기들과 연락이 되지 않고 있습니다."

"그렇군."

리비에르는 이곳의 밤은 맑고 별이 총총한데 무선사는 그 평온한 밤 속에서도 멀리서 오는 폭풍우의 숨결을 느끼는구나 하고 생각했다.

"곧 다시 연락합시다."

리비에르가 일어서자, 당직을 서던 직원이 다가왔다.

"업무보고서 결재를 부탁드립니다, 소장님……"

"그러지."

리비에르는 밤의 무게를 함께 짊어진 그에게 깊은 우정을 느꼈다. '투쟁의 동지로군. 이런 철야근무가 우리를 얼마나 결속시키는지 이 사람은 아마 절대 모르겠지.' 리비에르는 생각했다.

9

서류 한 뭉치를 손에 들고 자기 사무실로 돌아왔을 때, 리비에르는 몇 주 전부터 그를 괴롭히던 오른쪽 옆구리 통증이 되살아나는 걸 느꼈다.
'좋지 않아……'
그는 잠시 벽에 몸을 기댔다.
'어이없군.'
그러고는 간신히 소파까지 갔다.
그는 다시 한번 마치 늙은 사자처럼 결박당한 느낌이 들었고, 몹시 서글퍼졌다.
'열심히 일한 결과가 겨우 이거란 말인가! 난 이제 오십이야. 오십 년을 한결같이 열심히 일하고 단련하고 싸워서 사건의 흐름을 바꾸어놓았지. 그런데 이제 나를 휘어잡고 내 안에 가득차 세상만사 이보다 더 긴요한 일은 없을 듯한 느낌을 주는 게 이런 통증이라니…… 참 어이가 없군.'

리비에르는 땀을 닦으면서 통증이 가라앉기를 기다렸다가 좀 나아지자 다시 일을 시작했다.

그는 천천히 서류를 검토했다.

"부에노스아이레스에서 엔진 301을 분해소제하던 중에 ……를 확인했습니다. 책임자에게 엄중한 처벌을 내리겠습니다."

그는 서명했다.

"플로리아노폴리스 기항지는 지시사항을 지키지 않았기 때문에……"

그는 서명했다.

"징계 조치에 따라 비행장 책임자인 리샤르에게 전보 발령을 내리기로……"

그는 서명했다.

옆구리 통증은 일단 누그러지긴 했지만, 여전히 그의 몸안에 살아 있으면서 인생의 새로운 의미로 다가와 자신을 돌아보게 했기에 그는 몹시도 씁쓸했다.

'나는 정당한가 부당한가? 나는 알 수 없다. 내가 엄격하게 굴면 사고는 줄어든다. 책임이란 개인에게 있지 않다. 그것은 모든 이에게 적용되지 않으면 아무에게도 적용되지 못하는 막연한 힘과 같다. 내가 정말 정당하게 군다면, 야간비행은 매번 죽음의 위험에 노출될 것이다.'

그는 이 길을 너무 혹독하게 달려온 데 대해 피로감이 들었다. 그는 동정은 좋은 거라고 생각했다. 몽상에 잠긴 채, 그는 여전히 서류를 뒤적이고 있었다.

"……로블레는 오늘부로 당사 직원이 아님."

그는 이 늙은 호인과 그날 저녁에 나눈 대화를 다시 떠올렸다.

"본보기네, 어쩌겠는가, 본보기인 것을."

"하지만 소장님…… 하지만 소장님.

한 번만, 딱 한 번만 다시 생각해주세요! 저는 평생을 바쳐 이 일을 해왔습니다!"

"본보기가 필요해."

"하지만 소장님!…… 이걸 좀 보세요, 소장님!"

로블레는 낡은 지갑에서 젊은 시절 비행기 옆에서 포즈를 취하고 있는 자신의 사진이 실린 오래된 신문을 꺼내 보여주었다.

리비에르는 이 순진한 영광 위로 늙은 손이 떨리는 것을 보았다.

"이게 1910년 사진입니다, 소장님…… 아르헨티나의 첫 비행기를 조립했던 제 기념사진이지요! 1910년부터 비행기를 손봤으니…… 소장님, 이십 년입니다! 그런데 어떻게 이러실 수 있습니까…… 소장님, 젊은 친구들이 작업장에서 얼마나 비웃겠습니까!…… 아! 실컷 비웃을 테죠!"

"그런 건 중요하지 않네."

"제 아이들은요, 소장님, 제게는 자식들이 있습니다!"

"그러니 말하지 않소. 잡역부 자리를 주겠다고."

"제 체면은요, 소장님, 제 체면은 뭐가 됩니까! 보세요, 소장님, 비행기 일을 한 지 이십 년입니다. 저 같은 늙은 노동자가……"

"잡역부 일을 하시오."

"싫습니다, 소장님, 못합니다!"

늙은 두 손이 떨렸고, 리비에르는 주름진 이 두툼하고 아름다운 손에서 눈을 돌렸다.

"잡역부 일을 하게."

"안 됩니다, 소장님, 안 됩니다…… 아직 드릴 말씀이 있습니다……"

"그만 가보게."

리비에르는 생각했다. '내가 이토록 매정하게 해고하는 것은 그가 아니다. 어쩌면 그에겐 책임이 없을지도 모르지만, 잘못은 그를 통해 빚어졌으므로 나는 그 잘못을 해고하는 것이다.'

'사건이란 사람의 명령으로 이루어진다. 사건은 그 명령에 복종하는 것이기에 사람이 만들어내는 것이다.' 리비에르는 생각했다. '인간 역시 보잘것없는 존재라 만들어져야 한다. 그러니 인간들 때문에 어떤 사고가 발생할 경우에는 그들을 해고할 수밖에 없다.'

"아직 드릴 말씀이 있습니다……" 이 가엾은 노인은 무슨 말을 하려고 했을까? 그에게서 오랜 즐거움을 빼앗는 것이라고? 자신은 비행기의 금속판 위에서 연장 다루는 소리를 좋아했다고? 그의 삶에서 위대한 시를 빼앗겼는데…… 그러고도 살아야 하느냐고?

'너무 지쳤어.' 리비에르는 생각했다. 열이 나서 온몸이 나른해졌다. 그는 그 서류를 손가락으로 톡톡 두드리며 생각했다. '나는 이 오랜 동료의 얼굴을 정말 좋아했는데……' 리비에르는 노인의 두 손을 다시 생각했다. 두 손을 맞잡으려던 그 힘없는 동작을 떠올렸다. 그는 지금이라도 "됐어, 됐어, 그냥 남도록 하게"라고 말하면 될 것이다. 그는 이 늙은 두 손에 흘러내릴 기쁨의 물결을 상상했다. 얼굴이 아니라 노동자의 늙은 두 손이 표현해줄 그 기쁨이 세상에서 가장 아름다우리라는 생각이 들었다. '이 서류를 찢어버릴까?' 그 노인은 그날 저녁 집에 돌아가면 가족들에게 겸연쩍어하며 자랑을 늘어놓을 것이다.

"그럼, 계속 일하게 되는 거예요?"

"그럼! 아르헨티나의 첫 비행기를 조립했던 게 바로 나라고!"

그러면 젊은 친구들도 더이상 비웃지 않을 테고, 그 노인은 고참의 권위를 되찾게 되니……

'찢어버릴까?'

전화벨이 울리고, 리비에르는 수화기를 들었다.

한동안 바람과 공간이 사람의 목소리에 실어다주는 깊은 울림이 있었다. 마침내 말소리가 들렸다.

"여기는 이륙장. 누구신가요?"

"리비에르요."

"소장님, 650기가 활주로에 대기중입니다."

"좋아."

"마침내 준비가 완료되었습니다. 마지막 순간에 전기회로를 재점검해야 했습니다. 접속에 문제가 있었습니다."

"그래? 누가 회로를 연결했나?"

"확인해보겠습니다. 허락해주신다면 저희가 징계를 내리겠습니다. 표지등 고장은 치명적일 수 있으니까요!"

"물론이네."

리비에르는 생각했다. '어디서 문제가 생기든 발견하자마자 바로 뿌리 뽑지 않으면, 표지등 고장 같은 일은 얼마든지 일어날 수 있어. 우연이라 할지라도 잘못의 매개자를 발견했을 때 눈감아주는 것은 범죄야. 그러니 로블레를 해고해야 해.'

아무것도 모르는 직원은 여전히 타자를 치고 있다.

"뭔가?"

"보름치 회계입니다."

"왜 미리 준비되지 않았나?"

"제가……"

"나중에 보겠네."

'사건들이 서로 우위를 다투며 몰아치니 놀라울 뿐이다. 마치 원시림을 들어올려 쑥쑥 키우고 무성하게 만드는 미지의 거대한 힘 같은 것이 위대한 과업을 둘러싸고 도처에서 작용하는 듯하니.' 리비에르는 작은 담쟁이덩굴이 무너뜨린 사원들을 떠올렸다.

'위대한 과업이란……'

그는 마음을 달래려고 한번 더 생각했다. '나는 그들 모두를 사랑한다. 내가 맞서는 것은 그들이 아니다. 그들로 인해 생겨난 것들과 맞서는 것이다……'

그의 심장이 갑자기 빠르게 뛰면서 통증이 느껴졌다.

'내가 한 일이 옳은지는 모르겠다. 나는 인생의 정확한 가치도, 정의나 우울의 가치도 모른다. 나는 한 인간의 기쁨이 어떤 가치를 지니는지 정확히 모른다. 떨리는 손의 가치도 모른다. 동정도, 따뜻함도……'

그는 생각에 잠겼다.

'삶에는 얼마나 모순이 많은가. 하지만 우리는 삶과 화해할 수 있는

만큼 화해하며 산다…… 그러나 계속 살아가고, 무언가를 만들어내고, 소멸할 수밖에 없는 육신과 맞바꾸는 것은……'

리비에르는 곰곰이 생각하다가 벨을 눌렀다.
"유럽행 우편기 조종사에게 전화해서 출발하기 전에 나를 보러 오라고 하시오."
그는 생각했다.
'이 우편기가 도중에 헛되이 되돌아와서는 안 돼. 내가 내 사람들을 엄격하게 다잡지 않으면, 밤이 항상 그들을 위협할 거야.'

10

 전화벨소리에 잠에서 깬 조종사의 아내는 남편을 물끄러미 바라보며 생각했다.
 '좀더 자게 놔둬야지.'
 그녀는 남편의 잘빠진 유선형의 맨가슴을 보며 감탄했다. 멋진 배 같다고 생각했다.
 그는 마치 항구인 양 이 아늑한 침대에서 쉬고 있다. 아무것도 남편의 잠을 방해하지 못하도록 그녀는 손가락으로 침대의 잔주름, 그림자 진 부분과 구김을 없애며, 신의 손가락으로 바다를 잠재우듯 침대를 정돈했다.
 그녀는 일어나서 창문을 열고 얼굴로 바람을 맞았다. 그 방에서는 부에노스아이레스가 한눈에 내려다보였다. 이웃집에서 사람들이 춤을

추고 있는지, 어떤 멜로디가 바람에 실려왔다. 쾌락과 휴식의 시간이었다. 이 도시는 십만 개의 성채에 사람들을 모아놓았다. 모든 것이 평온하고 안전했다. 그러나 그녀에게는 누군가가 "전투 개시!"라고 외치면, 오직 한 사람, 그녀의 남편만이 벌떡 일어나 무기를 들고 나설 것 같았다. 그는 아직 쉬고 있었지만, 그의 휴식은 예비역의 곧 반납하게 될 불안한 휴식이었다. 잠들어 있는 이 도시는 그를 보호해주지 않았다. 그가 젊은 신(神)인 양 불빛들의 먼지를 털고 일어나는 순간, 도시의 불빛은 무의미해질 것이다. 그녀는 그의 단단한 팔을 바라보았다. 그 팔은 한 시간 뒤면 유럽행 우편기의 운명을 좌우하게 될 것이다. 한 도시의 운명과 같은 중요한 무언가를 책임질 것이다. 그녀는 혼란스러웠다. 이 남자가 도시의 수백만 남자들 가운데 이 예사롭지 않은 희생을 치를 준비가 된 유일한 사람이었기에. 그녀는 우울했다. 그는 그녀의 따스한 품을 빠져나갔다. 그녀는 그를 먹이고 밤새 보살피고 보듬었다. 그녀 자신을 위해서가 아니라, 그를 데려갈 이 밤을 위해서. 그녀는 전혀 알지 못하는 투쟁을 위해, 고뇌를 위해, 승리를 위해서. 그의 부드러운 손길은 단지 습관적인 것일 뿐, 그 손이 하는 진짜 노동을 그녀는 알지 못했다. 그녀는 이 남자의 미소와 남편으로서의 배려심은 잘 알지만, 뇌우 속에서 일어나는 그의 신성한 분노는 몰랐다. 그녀는 음악, 사랑, 꽃처럼 부드러운 것들로 그를 묶어두었지만, 그가 떠날 때면 이런 것들은 모두 떨어져나갔고 그는 이를 그다지 애석해하지도 않는 듯했다.

그가 눈을 떴다.

"몇시야?"

"자정."

"날씨는 어때?"

"잘 모르겠는데……"

그는 일어났다. 그러고는 천천히 창가로 가면서 기지개를 켰다.

"그렇게 춥지는 않은 것 같아. 바람이 어느 방향으로 불지?"

"내가 그걸 어떻게 알겠어……"

그는 창밖으로 몸을 기울여보았다.

"남풍이군. 잘됐어. 적어도 브라질까지는 문제없겠어."

그는 달을 바라보면서 자신이 부자가 된 듯한 느낌을 받았다. 그러고는 도시를 굽어보았다.

그는 도시가 아늑하지도 빛나지도 따뜻하지도 않다고 느꼈다. 그에게는 이미 도시의 불빛들이 사막의 모래처럼 허무하게 흩어져버리는 광경이 보였다.

"무슨 생각 해?"

그는 포르투알레그레 해변에는 안개가 끼었을지도 모른다고 생각하고 있었다.

"나한테는 나만의 전략이 있어. 어디서 돌아가야 하는지 알고 있거든."

그는 여전히 상반신을 창밖으로 내밀고 있었다. 그는 옷을 벗고 바닷속으로 뛰어들기 직전의 사람처럼 깊게 심호흡을 했다.

"당신은 슬프지도 않나봐…… 이번에는 며칠 동안이야?"

여드레, 아니 열흘. 그도 알지 못했다. 슬프냐고? 아니. 왜? 이 들판과 이 도시와 이 산…… 그는 그것들을 정복하기 위해 자유롭게 떠나는 것이니까. 그는 한 시간 안에 부에노스아이레스를 가졌다가 다시 내놓게 될 거라는 생각을 했다.
그는 미소 지었다.
'이 도시에서…… 나는 곧 멀어질 거야. 밤에 떠나는 건 멋진 일이지. 남쪽을 바라보면서 추력 레버를 잡아당기면, 십 초 후에는 풍경이 반대로 바뀌고 북쪽을 향하게 돼. 도시는 이제 바다의 심연일 뿐이야.'
그녀는 남편이 정복을 위해 버려야 하는 것들을 생각했다.
"당신은 집이 싫어?"
"나도 집이 좋은데……"
하지만 아내는 벌써 그가 비행중인 것처럼 느껴졌다. 그 넓은 어깨가 이미 하늘을 이고 있었다.
그녀는 그에게 하늘을 가리키며 말했다.
"날씨가 좋아, 당신 가는 길에 별이 쫙 깔렸어."
그는 웃었다.
"그렇군."
그녀는 남편의 어깨에 손을 얹고 따뜻한 체온을 느끼며 울컥했다. 그러니까 이 육체가 위협을 당한단 말이지?……
"당신은 아주 강해, 그래도 조심해!"
"조심해야지, 물론……"
그는 또 웃었다.
그는 옷을 입었다. 이번 축제를 위해 그는 제일 거친 천으로 된 옷, 제일 무거운 가죽옷을 골랐다. 농부 같은 옷차림이었다. 옷차림이 완성되어갈수록, 그녀는 남편을 보고 더욱더 감탄했다. 그녀는 그에게 허리띠를 매주고 부츠도 신겨주었다.

"이 부츠는 불편해."

"여기 다른 것도 있어."

"비상등에 달 끈 좀 찾아줘."

그녀는 남편을 바라보았다. 그녀는 남편의 전투복에 빠진 게 없는지 다시 한번 꼼꼼히 살펴보았다. 모든 게 완벽했다.

"당신 정말 멋있어."

그녀는 머리를 정성껏 손질하는 남편을 바라보며 말했다.

"별들한테 잘 보이려고?"

"늙어 보이지 않으려고."

"질투나네……"

그는 또 한번 웃으며 두꺼운 옷 위로 그녀를 꼭 끌어안았다. 그러고는 여전히 웃음을 머금은 채 팔을 뻗쳐 마치 어린 소녀를 안듯이 그녀를 번쩍 들어 침대에 눕혔다.

"좀더 자!"

그는 문을 닫고 거리로 나와 밤거리의 낯선 사람들 속에서 정복의 첫걸음을 내디뎠다.

그녀는 그대로 남아 있었다. 그에게는 단지 바다의 심연에 지나지 않을 이 꽃들, 이 책들, 이 온기를 그녀는 슬프게 바라보았다.

11

 리비에르는 그를 맞아들였다.
 "자네는 지난번 비행에서 실수를 했더군. 날씨가 좋았는데도 되돌아 왔으니. 그냥 갈 수도 있었는데 말이야. 두려웠나?"
 놀란 조종사는 말문이 막혔다. 그는 두 손을 천천히 비볐다. 그러고는 다시 고개를 들어 리비에르를 똑바로 쳐다보았다.
 "예."
 그렇게 용감하던 젊은이가 두려웠다고 말하자 리비에르는 내심 연민의 정이 일었다. 조종사는 변명하려 했다.
 "아무것도 보이지 않았어요. 물론 더 멀리 갔다면…… 어쩌면…… 무선국의 말대로…… 하지만 조종석의 불빛이 희미해서 제 손조차 볼 수 없었습니다. 비행기 날개라도 보려고 표지등을 켜고 싶을 정도였으니까요. 정말 아무것도 안 보였거든요. 마치 커다란 구덩이에 빠진 듯 다시는 올라오지 못할 것 같은 기분이었죠. 그때 엔진이 심하게 진동하기 시작했고요."

"아닐세."

"아니라니요?"

"그게 아닐세. 후에 우리가 엔진을 점검했는데, 아무 이상이 없었네. 하지만 보통 겁을 먹으면 엔진이 진동한다고 착각하지."

"그런 상황에서 누군들 겁먹지 않겠어요! 산들이 나를 내려다보고 있었어요. 고도를 높이려고 할 때 강력한 소용돌이를 만났습니다. 소장님도 아시겠지만, 아무것도 안 보이는 상황에서…… 소용돌이라니…… 저는 올라가는 대신 백 미터를 곤두박질쳤습니다. 자이로스코프도, 기압계도 더이상 보이지 않았어요. 엔진의 회전수가 낮아지더니 엔진이 뜨거워지면서 유압도 떨어지는 듯했습니다. 이 모든 일이 어둠 속에서 병이 번지듯 일어났습니다. 환하게 불이 밝혀진 도시를 다시 본 것만으로도 얼마나 기쁘던지요."

"자네는 상상력이 너무 풍부하군. 그만 가보게."

조종사는 밖으로 나갔다.

리비에르는 소파에 몸을 파묻은 채 손가락으로 잿빛 머리칼을 쓸어넘겼다.

'내 직원 중 가장 용감한 친구지. 그날 저녁 저 친구가 무사히 돌아온 건 정말 대단한 일이야. 하지만 나는 그를 두려움으로부터 구해야 해……'

그러자 마음이 약해지려 했다.

'사랑받기 위해서는 동정심을 보여주는 것만으로 충분해. 하지만 나는 동정심을 절대로 내색하지 않고 감추지. 나도 인간적인 부드러움과 우정에 둘러싸이고 싶기는 해. 의사는 직업상 그런 것을 접하겠지. 그러나 내가 다루는 건 사건이야. 사건에 잘 대처할 수 있도록 저들을 단련시켜야 해. 나는 매일 저녁 내 사무실에서 비행일지를 앞에 놓고 이런 야릇한 법칙을 깨닫지. 내가 방심하거나 규칙대로 잘 굴러간다고 그 흐름을 따라가게 내버려두면, 이상하게도 사건이 터져. 마치 내 의지만이 비행기가 비행중 파손되거나 우편기가 폭풍으로 인해 지연되는 일을 막을 수 있다는 듯이 말이야. 그래서 가끔은 나도 내 힘에 놀라게 되지.'

그는 다시 곰곰이 생각했다.

'그건 어쩌면 당연해. 정원사가 잔디와 벌이는 영원한 싸움도 그런 식이야. 그의 단순한 손길이 아무리 억눌러도 대지는 언제나 원시림을 준비하고 있으니까.'

그는 조종사를 생각한다.

'나는 그를 두려움에서 구하는 거야. 내가 공격하는 것은 그가 아니라고. 그를 통해 나타나는, 미지의 것 앞에서 인간을 마비시키는 그런 방해물을 공격하는 거지. 내가 그의 말에 귀를 기울이고, 그를 동정하고, 그의 모험을 진지하게 받아들인다면, 그는 불가사의의 세계로부터 돌아왔다고 생각할 거야. 사람들이 두려워하는 건 바로 이 불가사의뿐이지. 사람들은 이 어두운 우물 속으로 내려가야 해. 그리고 다시 올라와서 거기에는 아무것도 없더라고 말할 수 있어야 하지. 이 조종사는 밤의 가장 깊숙한 중심부까지 내려가야 해. 손이나 비행기 날개밖에 비추지 못하는 아주 작은 미등조차 없이 칠흑 같은 어둠 속으로. 미지의 세계와 어깨너비 정도의 거리만을 두어야 하지.'

하지만 이 싸움에서 리비에르와 조종사들은 무언의 동지애로 마음속 깊이 결속되어 있었다. 한배를 탄 사람들로서 그들은 같은 정복욕을 느꼈다. 리비에르는 자신이 밤을 정복하기 위해 이끌었던 다른 싸움들을 회상했다.

관료들은 이 어두운 영역을 마치 가본 적 없는 오지처럼 두려워했다. 시속 이백 킬로미터로 뇌우와 안개 그리고 밤이 감추고 있는 여러 물리적인 난관 속에 승무원을 내보내는 것은, 그들이 보기에는 군사비행에서나 있을 법한 모험이었다. 군사비행이라 해도 날씨가 맑은 밤에 떠나 폭격을 하고 다시 기지로 돌아온다. 그러나 정기적인 야간비행은 실패할 수 있다. '속도란 우리에게 사활이 걸린 문제다. 우리는 낮 동안 기차나 선박에 비해 앞섰던 것을 밤이면 다 까먹어버리기 때문이다'라고 리비에르는 반박했다.

리비에르는 손익, 보험 그리고 특히 여론에 대해 지겹도록 들어왔다. 그는 '여론은…… 우리가 얼마든지 움직일 수 있다!'라고 응수했다. '시간 낭비다! 무언가 있다. 이 모든 것에 우선하는 무언가가. 살아 있는 것들은 살기 위해 전체를 뒤엎고, 살기 위해 자신만의 법칙들을 만들어낸다. 그건 어쩔 수 없는 일이다.' 리비에르는 생각했다. 그는 항공산업이 언제 어떻게 야간비행을 시작할지 몰랐지만, 이런 불가피한 문제들에 대한 해결책을 준비해야만 했다.

그는 녹색 테이블보 앞에서 주먹으로 턱을 괸 채 그 많은 반대의 목소리를 들으며 이상하게 힘이 솟았던 기억을 떠올렸다. 그 반대의 목소리들은 이미 사형선고를 받고 살아가는 것처럼 공허하게 들렸다. 그는 저울추처럼 자신의 내면에 응축된 힘을 감지했다. '내 생각이 옳아, 나는 승리할 거야. 그게 당연한 귀결이야'라고 리비에르는 생각했다. 사람들이 어떤 위험도 피할 수 있는 완벽한 해결책을 요구할 때, 그는 이렇게 대답했다. "법칙은 경험에서 나옵니다. 법칙을 안다고 해도 경험을 능가할 수는 없습니다."

오랜 싸움 끝에 리비에르는 승리했다. 어떤 사람들은 "그의 신념 덕분"이라고 말했고 또 어떤 이들은 "그의 고집, 곰처럼 밀어붙이는 힘 때문"이라고 말했다. 그러나 그에 따르면, 더 단순하게, 그저 그가 올바른 방향으로 밀고 나갔기 때문이었다.

그러나 처음에는 얼마나 조심을 했던가! 비행기는 일출 한 시간 전에만 출발하고, 일몰 후 한 시간 내에 착륙해야 했다. 자신의 경험으로 보다 확신할 수 있다는 판단이 들었을 때 비로소 리비에르는 감히 어둠의 심연 속으로 우편기를 내보낼 수 있었다. 따르는 사람도 거의 없고 대부분이 비난하는 가운데, 그의 고독한 투쟁은 계속되었다.

리비에르는 아직 비행중인 우편기들의 최신 소식을 알기 위해 벨을 울렸다.

12

 그사이, 파타고니아 우편기는 뇌우에 다가가고 있었고, 파비앵은 뇌우를 피해 우회하기를 포기했다. 그는 뇌우가 너무 넓게 퍼져 있다고 판단했다. 번개 줄기가 내륙을 향해 뻗으며 구름의 요새를 드러냈기 때문이다. 그는 그 아래로 지나가는 걸 시도해보고 일이 잘 안 풀리면 되돌아갈 작정이었다.
 그는 고도를 확인했다. 천칠백 미터. 고도를 낮추기 위해 조종간을 잡은 손에 힘을 주었다. 엔진이 매우 심하게 진동하더니 비행기가 흔들렸다. 파비앵은 어림잡아 하강 각도를 수정했다. 그러고 나서 지도에서 언덕의 높이를 확인했다. 오백 미터. 안전거리를 유지하기 위해 그는 칠백 미터 고도로 비행할 것이다.
 그는 거금을 걸고 도박하듯 과감히 고도를 낮췄다.

소용돌이에 휘말려 비행기가 곤두박질치며 격렬하게 요동쳤다. 파비앵은 보이지 않는 붕괴 사태를 마주한 듯 위협을 느꼈다. 그는 비행기를 돌려 총총한 별들을 다시 보고 싶었지만, 각도를 단 일 도도 돌릴 수 없었다.

파비앵은 행운을 점쳐보았다. 아마도 국지적 뇌우인 듯했다. 제일 가까운 기항지인 트렐레우에서 하늘의 사분의 삼이 구름으로 뒤덮여 있다고 연락해왔으니 말이다. 시커먼 콘크리트처럼 단단한 이 어둠 속에서 이십 분만 버티면 된다. 하지만 조종사는 불안했다. 엄청난 바람에 맞서 왼쪽으로 몸을 기울인 그는 칠흑 같은 어둠 속에서도 여전히 떠도는 저 희미한 불빛이 무엇인지 알아내려고 애썼다. 그러나 그것은 빛도 아니었다. 짙은 어둠 속에서 감지되는 아주 미세한 어둠의 농도 변화이거나 눈이 피곤해서 생긴 착시 현상이었다.

그는 무선사가 준 쪽지를 펼쳐보았다.

"여기가 어디죠?"

파비앵도 여기가 어딘지를 알 수만 있다면, 자신의 가장 소중한 것이라도 바쳤을 것이다. 그는 대답했다. "몰라요. 우리는 지금 나침반에 의지해 뇌우를 통과하고 있어요."

그는 다시 몸을 숙였다. 불꽃 다발처럼 엔진에 매달린 배기관 불빛 때문에 눈이 시렸다. 그 불빛은 너무 희미해서 달빛에 묻혀버릴 정도였지만, 빛이라곤 전혀 없는 세상에서는 눈에 보이는 세계를 흡수했다. 그는 그 불빛을 바라보았다. 그것은 바람 때문에 횃불의 불꽃처럼 거세게 타올랐다.

삼십 초마다 자이로스코프와 나침반을 체크하기 위해 파비앵은 계기판에 고개를 박았다. 그는 더이상 붉은색 램프를 켤 엄두가 나지 않았다. 그 불을 켜면 한참 동안 눈이 부셨기 때문이다. 그러나 라듐으로 숫자가 표시되는 모든 계기판은 별처럼 희미한 불빛을 발하고 있었다. 그곳, 바늘들과 숫자들 속에서, 조종사는 안전하리라는 착각이 들었다. 파도가 덮친 배의 선실에서처럼. 밤, 그리고 바위, 표류물, 언덕 등 밤이 품고 있는 모든 것이 하나같이 놀라운 운명을 안고 비행기 쪽으로 몰려오고 있었다.

"여기가 어디죠?" 무선사가 다시 물었다.

파비앵은 다시 고개를 들고 착각에서 벗어나 왼쪽으로 몸을 기울여 그 끔찍한 탐색을 되풀이했다. 그는 몇 시간을, 얼마만큼의 노력을 해야 이 어둠의 속박에서 풀려날지 이제 알 수 없었다. 그는 풀려날 가망이 거의 없을 거라고 생각했다. 일말의 희망이라도 가져보려고 수없이 펼쳐보아서 더럽고 고깃고깃해진 이 작은 쪽지에 목숨을 걸고 있었기 때문이다. "트렐레우: 하늘의 사분의 삼이 구름, 약한 서풍." 트렐레우의 사분의 삼이 구름으로 뒤덮여 있다면, 어딘가의 틈새에서는 불빛이 새어나올 것이다. 돌발 사태만 안 일어난다면……

아주 멀리 운명처럼 나타난 희미한 불빛 덕에 비행을 이어갈 수 있었다. 그래도 그는 의심이 들었다. 그는 무선사에게 메모를 휘갈겨 건넸다. "통과할 수 있을지 모르겠음. 뒤쪽은 여전히 날씨가 좋은지 알려주기 바람."

답변은 그를 당황케 했다.

"코모도로 답신: 이곳으로의 회항은 불가능. 태풍."

그는 안데스산맥에서부터 불어오는 이 기이한 태풍 공세가 바다 쪽으로 급선회하여 몰아칠 것이라 예상했다. 그가 도시에 도달하기 전에, 태풍이 도시를 휩쓸어버릴 것이다.

"산안토니오의 날씨는……?"
"'산안토니오 답신: 서풍이 불고 서쪽에 태풍. 하늘이 완전히 구름으로 뒤덮임.' 산안토니오에서는 잡음 때문에 이쪽 소리가 잘 안 들린답니다. 저도 그쪽 소리가 잘 안 들리고요. 방전 때문에 곧 안테나를 다시 올려야 할 것 같습니다. 회항하시겠습니까? 어떻게 하실 생각입니까?"
"조용히! 바이아블랑카 날씨나 알려주시오……"

"바이아블랑카 답신: 이십 분 내로 바이아블랑카 서쪽에 심한 뇌우 예상."
"트렐레우 날씨를 물어봐주시오."
"트렐레우 답신: 서쪽에 초속 삼십 미터 태풍과 비를 동반한 돌풍."
"부에노스아이레스에 전해주시오. '사방 다 막힘. 태풍이 천 킬로미터에 걸쳐 진행중. 아무것도 보이지 않음. 어떻게 해야 합니까?'라고."

이 밤 조종사에게는 정박할 곳이 없었다. 밤은 항구로 이끌어주지도 (항구들은 모두 접근이 불가능한 듯했다), 새벽으로 이끌어주지도 않았다. 기름은 한 시간 사십 분 후면 떨어질 것이다. 조만간 이 짙은 어둠 속에서 앞도 보이지 않는 비행을 해야 할 터였다.
날이 밝을 때까지만 버틸 수 있다면……
파비앵은 이런 혹독한 밤을 보낸 후 이르게 될 새벽을 황금빛 모래사장인 양 꿈꿨다. 위협받고 있는 비행기 아래로 들판이 해변처럼 펼쳐지겠지. 조용한 대지는 잠든 농가와 가축떼와 언덕을 품고 있을 것이다. 어둠 속에 떠다니는 모든 부유물도 위험하지 않게 될 것이다. 할 수만 있다면, 새벽을 향해 헤엄쳐가련만!

그는 자신이 포위되었다고 생각했다. 잘되든 못되든, 어쨌든 이 짙은 어둠 속에서 모든 게 해결될 것이다.

정말이다. 그는 이따금 날이 밝아올 때면 회복기에 들어선 것처럼 느껴지곤 했다.

그러나 해가 떠오를 동쪽을 뚫어져라 본들 무슨 소용인가. 그들 사이에는 너무도 깊은 밤이 있어 그것을 뚫고 다시 올라가지 못할 테니 말이다.

13

"아순시온 우편기는 잘 오고 있네. 두시경이면 도착할 걸세. 파타고니아 우편기는 문제가 있어 상당히 늦어지리라 예상되는군."
"알겠습니다, 소장님."
"유럽행 비행기를 출발시키려면 파타고니아 우편기를 기다리고만 있을 수는 없겠네. 아순시온 우편기가 도착하면 바로 알리고 지시를 받게. 그럼 대기하도록."

리비에르는 북쪽 기항지들이 보내온 재난 예방 전보를 다시 읽었다. 그 전보들은 유럽행 우편기에 달빛길을 열어주었다. "하늘 맑음, 보름달, 바람 없음." 하늘에서 쏟아지는 빛 속에 윤곽을 드러낸 브라질의 산들은 숱 많은 머리칼 같은 검은 숲 자락을 바다의 은빛 파도 속에 담그고 있었다. 달빛은 숲을 물들이지 않으면서 끝없이 숲 위로 쏟아져내렸다. 잔해처럼 바다에 떠 있는 섬들 역시 검었다. 그리고 달빛은 마르지 않는 빛의 샘물처럼 모든 항로에 쏟아졌다.

리비에르가 출발 명령을 내리면, 유럽행 우편기의 승무원은 밤새도록 부드러운 빛이 쏟아지는 안정된 세계로 들어가게 될 것이다. 어떤 것도 빛과 그림자의 균형을 위협하지 않는 세계, 맑은 바람의 손길조차 끼어들지 않는 세계로. 그런 바람이 일면 몇 시간 내로 하늘 전체를 망쳐놓기도 한다.

그러나 리비에르는 이 달빛 앞에서, 채굴이 금지된 금광 앞에 선 탐광자처럼 망설이고 있었다. 남쪽에서 일어난 사건들은 야간비행의 유일한 옹호자인 리비에르에게는 불리한 일이었다. 그의 반대편 사람들은 파타고니아에서 일어난 재난으로 인해 도덕적으로 매우 유리한 입장에 설 것이고, 어쩌면 리비에르의 신념은 무력해질지 모른다. 그러나 리비에르의 신념은 흔들리지 않았다. 그의 과업중 발생한 작은 결함이 비극을 낳았지만, 그 비극은 그 결함만을 보여줄 뿐 다른 부분들까지 증명할 수는 없었다. '어쩌면 서쪽에도 관측소가…… 필요할지 몰라. 두고 봐야겠군.' 그는 다시 생각했다. '내가 고집하는 데는 확고한 이유가 있어. 게다가 이번 사고로 원인이 하나 드러났으니, 이후 같은 사고가 재발하는 것을 막을 수 있지.' 실패는 강한 자들을 더욱 강하게 만든다. 불행하게도, 우리는 인간을 상대로 진정한 의미라고는 거의 고려되지 않는 게임을 벌인다. 겉보기에 우리는 성공하거나 실패하고, 하찮은 점수를 얻는다. 그리고 그 표면적인 실패에 발목을 잡힌다.

리비에르는 벨을 울렸다.

"바이아블랑카에서는 아직 아무 연락도 없나?"

"네."

"기항지로 전화를 연결해주게."

오 분 뒤, 그는 이렇게 물었다.

"왜 아무 연락도 없는 거요?"

"우리도 우편기로부터 연락을 받지 못했습니다."

"연락이 없다고?"

"모르겠습니다. 뇌우가 너무 심합니다. 그쪽에서 시도를 하더라도 우리가 듣지 못할 겁니다."

"트렐레우에서는 들린다던가?"

"여기서는 트렐레우 소식도 들리지 않습니다."

"전화하게."

"시도해봤는데 전화가 끊겼습니다."

"그쪽 날씨는 어떤가?"

"위협적입니다. 서쪽과 남쪽에서 번개가 칩니다. 몹시 후텁지근합니다."

"바람은?"

"아직 약합니다. 하지만 십 분 정도가 고작일 겁니다. 번개가 빠르게 다가오고 있습니다."

침묵.

"바이아블랑카? 들리나? 좋소. 십 분 후 다시 전화하시오."

리비에르는 남쪽 기항지에서 온 전보를 뒤적였다. 전보는 하나같이 비행기의 침묵을 알리고 있었다. 어떤 기항지들은 부에노스아이레스에 더이상 응답하지 않았다. 그리고 지도에는 연락이 끊긴 지역임을 나타내는 표시가 점점 더 늘어났으며, 표시된 지역의 소도시들은 이미 태풍에 휩싸여 있었다. 모두 문을 잠그고, 불빛 없는 거리의 집들은 각각 한 척의 배처럼 어둠 속에서 길을 잃고 세상과 단절되었다. 새벽만이 그들을 구해주리라.

한편, 리비에르는 피난처가 될 맑은 하늘이 어딘가에 있으리라는 희망을 아직 품고서 몸을 기울여 지도를 들여다보고 있었다. 서른 곳이 넘는 지방 도시의 경찰에 하늘의 상태를 묻는 전보를 보냈는데, 답신이 오기 시작했기 때문이다. 이천 킬로미터에 걸쳐 있는 무선국 중 한 곳이라도 비행기로부터 연락을 받으면 삼십 초 안에 부에노스아이레스에 통보하도록 되어 있었다. 부에노스아이레스에서 파비앵에게 피난처의 위치를 알려줄 수 있도록 말이다.

새벽 한시에 호출당한 직원들은 각자 자기 책상으로 돌아갔다. 그들은 어쩌면 야간비행이 중단될지도 모른다고, 유럽행 우편기는 이제 낮에만 이륙하게 될 거라고 비밀스레 이야기를 주고받았다. 그들은 파비앵과 태풍에 대해, 그리고 특히 리비에르에 대해 작은 목소리로 쑤군거렸다. 그들은 그가 이런 자연의 거부로 인해 곧 무너지리라고 예상했다.

그러다 일순 사무실이 조용해졌다. 사무실 문턱에 리비에르가 불쑥 나타났기 때문이다. 외투 단추를 여미고 여전히 눈까지 모자를 눌러쓴 그는 영원한 여행자 같았다. 그는 사무장을 향해 조용히 걸음을 옮겼다.

"한시 십분이오. 유럽행 우편기에 대한 서류는 준비됐소?"

"저…… 제 생각에는……"

"당신은 생각 말고 실행을 해야 하오."
그는 뒷짐을 진 채 열린 창문 쪽으로 천천히 돌아섰다.
한 직원이 그에게 왔다.
"소장님, 답신을 거의 받지 못할 것 같습니다. 내륙 쪽도 이미 전화선이 많이 끊겼다는 소식이 와서······"
"그렇군."
리비에르는 꼼짝 않고 어둠을 응시했다.

이처럼 들어오는 소식마다 우편기의 무사 귀환을 위협하는 내용을 담고 있었다. 각 도시는 응답할 수 있을 때, 그러니까 전화선이 끊기기 전에 적이 침입하는 진로를 알려주듯 태풍의 진로를 알려왔다. "태풍이 내륙, 안데스산맥에서 오고 있음. 태풍이 모든 항로를 휩쓸며 바다를 향해 가고 있음······"
리비에르는 별들이 너무 눈부시게 빛나고, 공기는 너무 습하다고 생각했다. 이상한 밤이군! 윤기 나는 과일이 썩어들어가듯이, 빛나던 그 밤에 갑자기 검은 반점이 생기기 시작했다. 별들은 부에노스아이레스 하늘에서 여전히 총총히 빛나고 있었지만, 이는 한순간의 오아시스에 지나지 않았다. 게다가 그 오아시스는 승무원이 닿을 수 없는 곳에 있는 항구일 뿐이었다. 나쁜 바람이 건드려 썩게 만든, 위협적인 밤. 정복하기 어려운 밤.
어딘가에서 비행기 한 대가 밤의 심연 속에서 위험에 처해 있었다. 사람들은 해안가에서 무기력하게 바라볼 뿐이었다.

14

 파비앵의 부인이 전화를 했다.
 남편이 돌아오는 날 밤이면 그녀는 파타고니아 우편기의 비행시간을 계산하곤 했다. '지금쯤 트렐레우에서 이륙하겠지……' 하고 다시 잠들었다가 잠시 뒤 '산안토니오에 접근하고 있겠지, 빛이 보이겠네……' 하면서 일어나 커튼을 열고 하늘을 살폈다. '구름이 잔뜩 끼어 그이가 힘들겠네……' 가끔 달이 목동처럼 산책중일 때도 있었다. 그런 밤이면 젊은 아내는 이 별들과 달이, 그리고 남편의 주위에 있는 수많은 존재가 남편을 보호해주리라 믿고 다시 잠들었다. 새벽 한시쯤, 그녀는 남편이 가까이에 와 있음을 느꼈다. '그이는 이제 그리 멀지 않은 곳까지 와서 부에노스아이레스를 보고 있을 거야.' 이때쯤 그녀는 다시 일어나서 남편을 위해 식사 준비를 하고 커피를 끓였다. '저 높은 곳은 무척 추울 테니까……' 그녀는 항상 남편이 마치 눈 덮인 산의 정상에서 내려오기라도 한 듯이 맞이했다.

"춥지 않아요?" "전혀!" "그래도 몸을 좀 녹여요……" 새벽 한시 십오분쯤이면 남편을 맞을 준비가 끝난다. 그러면 그녀는 전화를 건다.

다른 밤과 마찬가지로 오늘밤도 그녀는 똑같은 질문을 했다.

"파비앵 씨 착륙했죠?"

전화를 받은 직원은 약간 당황했다.

"누구신가요?"

"시몬 파비앵이에요."

"아! 잠시만요……"

그 직원은 감히 아무 말도 못한 채 사무장에게 수화기를 건넸다.

"누구신가요?"

"시몬 파비앵입니다."

"아!…… 무슨 일이신가요, 부인?"

"남편이 도착했나 해서요."

잠시 설명하기 힘든 침묵이 흐른 뒤 사무장이 짧게 대답했다.

"아뇨."

"연착인가요?"

"네……"

다시 침묵이 흘렀다.

"네…… 연착입니다."

"아!……"

그것은 상처입은 육신이 내는 '아!' 소리였다. 연착은 아무것도 아니다…… 아무것도 아니다…… 하지만 그것이 길어질 때는……

"아!…… 그이가 여기에 몇시쯤 도착할까요?"

"그가 여기에 몇시쯤 도착하느냐고요? 저희도…… 저희도 모릅니다."

그녀는 이제 벽에 부딪혔다. 그녀는 자기가 한 질문의 메아리만 듣고 있었다.

"제발 좀 대답해줘요! 그이는 지금 어디에 있나요?……"

"그가 어디에 있느냐고요? 기다려보세요……"

이런 무기력한 대답에 그녀는 고통스러웠다. 이 벽 뒤에서 무슨 일인가 일어나고 있었다.

저쪽에서 결심한 듯 말했다.

"그가 십구시 삼십분에 코모도로에서 이륙했어요."

"그다음에는요?"

"그다음이요?…… 많이 연착된 거죠…… 아주 많이…… 날씨가 나빠서……"

"아! 날씨가 나빠서……"

부에노스아이레스의 하늘에 한가로이 떠 있는 저 달은 뭔가? 얼마나 불공평한가! 이 무슨 사기란 말인가! 젊은 아내는 코모도로에서 트렐레우까지 겨우 두 시간밖에 걸리지 않는다는 사실이 갑자기 떠올랐다.

"그러면 그이가 여섯 시간 전에 트렐레우를 향해 떠난 거잖아요! 그이가 뭐라고 소식을 보냈겠죠? 뭐라고 하던가요?……"

"그가 우리에게 뭐라고 했냐고요? 당연히 이런 날씨에는…… 부인도 잘 아시겠지만…… 소식도 주고받지 못합니다."

야간비행 85

"이런 날씨라뇨!"

"자, 이렇게 하시죠, 부인. 저희가 무슨 소식이라도 듣게 되면 곧바로 부인께 전화드리겠습니다."

"아! 당신들도 아무것도 모른다는 얘기군요……"

"안녕히 계십시오, 부인……"

"안 돼요! 안 돼! 소장님과 통화하고 싶어요."

"소장님은 지금 너무 바쁘십니다, 부인, 회의중이셔서……"

"아! 나와는 상관없는 일이에요, 상관없다고요! 그분과 통화하고 싶어요!"

사무장은 이마의 땀을 닦았다.

"잠시만요……"

그는 리비에르의 방문을 밀고 들어갔다.

"파비앵 부인께서 소장님과 통화하고 싶어하십니다."

'터질 게 터졌군. 내가 우려하던 일이 말이야.' 리비에르는 생각했다. 사건의 감정적인 요소가 모습을 드러내기 시작했다. 그는 처음에는 그런 요소를 인정하지 않을 생각이었다. 왜냐하면 원래 어머니와 아내는 수술실에 들어가는 게 아니기 때문이다. 배가 위험에 처했을 때는 감정을 억제해야 하는 법이다. 감정은 사람을 구하는 데 도움이 되지 않는다. 그렇지만 그는 받아들였다.

"내 방으로 연결해주게."

멀리서 들려오는 떨리는 작은 목소리를 듣는 순간, 그는 그 목소리에 대답할 수 없음을 깨달았다. 서로 부딪쳐봤자 두 사람 모두에게 대단히 소모적인 일일 뿐이었다.

"부인, 제발 진정하세요! 이 직업의 특성상 소식을 오랫동안 기다리는 건 아주 흔한 일입니다."

그는 개인적인 고뇌의 문제가 아니라, 행동 자체의 문제로 넘어가는 경계에 서 있었다. 리비에르의 앞에 나타난 것은 파비앵의 아내가 아니라 삶의 또다른 의미였다. 리비에르는 이 작은 목소리에, 그토록 슬픔에 차 있으면서도 적의를 품은 이 노래에 귀기울이고 동정하는 것밖에 아무것도 할 수 있는 일이 없었다. 왜냐하면 개인의 행동도, 개인의 행복도 함께 나눌 수 없기 때문이다. 그것들은 충돌하고 있다. 이 부인 역시 절대적인 세계의 이름으로, 자신의 의무와 자신의 권리에 대해 말하고 있었다. 저녁 식탁을 밝힌 전등 불빛의 이름으로, 그녀의 육체를 요구하는 또다른 육체의 이름으로, 희망과 애정과 추억의 근원의 이름으로, 그녀는 자신의 행복을 요구했고 그녀는 옳았다. 그리고 리비에르 역시 옳았지만, 그는 이 부인의 진실 앞에 아무런 이의도 제기할 수 없었다. 그는 자신만의 진실을 발견했다. 가정의 소박한 전등 불빛 아래서는 설명할 수 없는 비인간적인 진실을.

"부인……"

그녀는 더이상 듣고 있지 않았다. 약한 주먹으로 벽을 치다가 그 자리에 주저앉아버린 것 같았다.

어느 날 정비사와 리비에르는 건설중인 다리 근처를 지나가다가 부상당한 인부를 보게 되었다. 이때 정비사가 리비에르에게 물었다. "이 다리가 저 망가진 얼굴보다 더 가치가 있을까요?" 그 다리를 이용하게 될 농부 중 어느 누구라도 다음 다리로 돌아가는 수고를 덜기 위해 그토록 끔찍하게 얼굴을 훼손시켜도 된다고 말하지 않을 것이다. 그럼에도 사람들은 다리를 세운다. 정비사는 이렇게 덧붙였다. "공익은 개인의 이익이 모여 이루어집니다. 그 외의 것들은 아무것도 정당화되지 못해요." 한참 뒤에 리비에르가 대답했다. "하지만 인간의 목숨이 무엇보다 소중한 것이라 해도, 우리는 항상 무언가가 인간의 목숨보다 더 값진 것처럼 행동하죠. 그것이 과연 무엇일까요?"

리비에르는 승무원들을 생각하면 가슴이 저려왔다. 행동은, 다리를 건설하는 행동조차 행복을 파괴한다. 리비에르는 '무엇의 이름으로?'라고 자문하지 않을 수 없었다.

'어쩌면 곧 사라질지도 모를 그 친구들은 행복하게 살 수 있었을 텐데.' 저녁 식탁을 밝힌 불빛이 만들어낸 황금빛 성소 속에 고개를 숙인 그들의 얼굴이 어른거렸다. '무엇의 이름으로 내가 그들을 거기에서 끌어냈을까?' 무엇의 이름으로 그들을 개인적인 행복에서 빼내왔을까? 이런 행복을 보호하는 것이 첫번째 규칙 아닐까? 그러나 그 자신이 그러한 행복을 깨뜨리고 있다. 그렇지만 황금빛 성소는 언젠가는 신기루처럼 사라질 운명이 아닌가. 노화와 죽음이 리비에르보다 더 냉혹하게 그 성소를 파괴할 것이다. 어쩌면 더 영속적인 무언가가, 구해야 할 무언가가 있을지도 모른다. 어쩌면 리비에르가 일을 하는 것은 사람의 이런 부분을 구하기 위해서가 아닐까? 그렇지 않다면 행동은 정당화될 수 없다.

'사랑한다는 것, 단지 사랑하기만 하는 것은 막다른 골목과 같다!' 리비에르는 사랑하는 일보다 훨씬 더 막중한 의무가 있음을 어렴풋이 느꼈다. 그 또한 애정과 관련된 것이겠지만, 여타의 애정과는 너무나 다른 것이었다. 문장 하나가 떠올랐다. "그것들을 영원하게 만드는 것이 중요하다……" 그는 어디서 그 문장을 읽었을까? "그대가 그대 자신 안에서 추구하는 것은 모두 죽어 없어진다." 그는 고대 페루 잉카족의 태양신 사원을 생각했다. 산 위에 세워놓은 돌들. 그 돌들이 없었다면, 오늘날의 인간을 마치 회한처럼 그 돌들의 무게로 짓누르는 그 강력한 문명에서 무엇이 남았겠는가? 고대의 지도자는 어떤 가혹함의 이름으로, 어떤 기이한 사랑의 이름으로 백성들로 하여금 산 위에 이런 사원을 짓도록 강요하고, 그리하여 그 문명의 영원성을 세우게 했을까?' 리비에르는 저녁이면 야외 음악당 주변을 서성이는 소도시의 시민들을 다시 떠올렸다. '이런 종류의 행복, 이런 마구馬具 같은 행복은……' 그는 생각했다. 고대의 지도자는 사람들의 고통에는 연민을 느끼지 않았지만, 죽음에는 엄청난 연민을 느꼈다. 그것은 개인의 죽음이 아니라 모래언덕이 지워버릴 종에 대한 연민이었다. 그래서 그는 백성에게 적어도 사막에 매몰되지 않을 돌을 세우도록 한 것이다.

15

 두 번 접은 이 종이쪽지가 어쩌면 그를 구해줄지도 모른다. 파비앵은 이를 악물고 그 쪽지를 펼쳤다.
 "부에노스아이레스와 통신 두절. 더이상의 시도 불능. 손가락에 불꽃 튐."
 화가 난 파비앵은 답장을 쓰려 했지만, 글씨를 쓰려고 조종간을 놓는 순간 높은 파도 같은 것이 그의 몸을 파고들었다. 돌풍이 오 톤짜리 금속덩어리 속에 있는 그를 들어올렸다가 쓰러뜨렸다. 그는 쓰기를 포기했다.
 그의 손이 다시 그 거센 파도를 움켜쥐고 진정시켰다.
 파비앵은 깊게 심호흡을 했다. 무선사가 번개에 겁먹고 안테나를 접었다면, 도착하자마자 그의 얼굴을 갈겨주리라 다짐했다. 무슨 수를 써서라도 부에노스아이레스와 교신해야 했다. 교신만 되면, 천오백 킬로미터도 넘게 떨어진 그곳에서 이 심연 속에 있는 그들에게 구원의 밧줄이라도 던져줄 것 같았다. 깜빡거리는 불빛 한 점 보이지 않았다. 별 도움은 되지 않겠지만 그래도 등대처럼 육지가 있음을 증명해줄 희미한 여인숙 불빛 한 점조차 보이지 않았다. 그런 상황에서 그에게는 목소리가, 이미 더이상 존재하지 않는 세계에서 들려오는 단 하나의 목소리라 할지라도 필요했던 것이다. 조종사는 주먹을 들어 붉은 불빛에 대고 흔들어 보이며 뒷자리에 앉은 사람에게 이 기가 막히는 사실을 알려주려 했지만, 무선사는 불빛 하나 없이 어둠에 파묻힌 도시의 황폐해진 공간을 내려다보느라 그 사실을 알아차리지 못했다.

파비앵은 누군가가 소리쳐 조언해준다면, 무슨 조언이든 다 따를 작정이었다. 이런 생각이 들었다. '누군가가 나에게 원을 그리며 돌라고 하면 돌 것이고, 정남쪽으로 가라고 하면……' 어딘가에는 거대한 달그림자 아래 부드럽고 평화로운 땅이 존재할 것이다. 저 아래에 있는 동료들, 학자처럼 박식하고 전능한 동료들은 꽃처럼 아름다운 램프 불빛의 가호 아래 지도를 들여다보며 그런 땅이 있는 곳을 알아냈을 것이다. 하지만 그는 자신을 향해 산사태처럼 빠른 속도로 검은 급류를 몰아붙이는 밤과 돌풍 외에 무엇을 알고 있던가. 구름 속 소용돌이와 불꽃 가운데 있는 두 사람을 그들은 포기할 수 없을 것이다. 그럴 수는 없었다. 파비앵에게 "기수를 이백사십 도로……"라고 지시가 내려진다면, 그는 기수를 이백사십 도 돌릴 것이다. 그러나 그는 혼자였다.

이제는 기계마저 반항하는 것처럼 느껴졌다. 엔진은 하강할 때마다 어찌나 심하게 진동하는지 비행기 전체가 분노로 떨고 있는 듯했다. 파비앵은 비행기를 제압하는 데 온 힘을 쏟았다. 동체에 고개를 박고, 자이로스코프를 정면으로 보았다. 태초의 암흑처럼 모든 것이 뒤섞인 어둠 속에서 길을 잃은 그로서는 바깥의 하늘과 땅이 더이상 분간되지 않았기 때문이다. 그러나 위치를 가리키는 계기판의 바늘들이 점점 더 빠르게 흔들려 알아보기 힘들어졌다. 조종사는 제대로 읽기 힘든 계기판 바늘 탓에 악전고투하다 고도를 잃고 이 어둠 속에 조금씩 매몰되어갔다. 그는 고도계를 읽었다. '오백 미터.' 그것은 언덕들의 높이였다. 그는 언덕들이 현기증나는 물살처럼 그를 향해 몰려오고 있음을 느꼈다. 또한 부딪혔다간 그중 가장 작은 덩어리조차 그를 산산조각낼 수 있을 땅덩어리가 모두 지반에서 뽑히고 풀려나와 취한 사람처럼 그의 주위를 맴돌기 시작하는 듯했다. 그러고는 그의 주위에서 의미심장한 춤을 추면서 점점 더 그를 압박해왔다.

그는 결심했다. 충돌할 위험을 감수하고, 어디든 착륙할 것이다. 최소한 언덕은 피해야겠기에, 그는 하나뿐인 조명탄을 터뜨렸다. 조명탄은 불이 붙자 원을 그리며 평평한 곳을 환하게 비추다가 꺼져버렸다. 그곳은 바다였다.

얼핏 이런 생각이 들었다. '틀렸어. 사십 도를 수정했는데 진로를 벗어났어. 태풍이야. 육지는 어디에 있을까?' 그는 정서향正西向으로 진로를 틀었다. '이제 조명탄도 없으니 난 죽었구나'라고 그는 생각했다. 언젠가는 닥칠 일이었다. 그리고 뒤에 있는 동료는…… '그는 틀림없이 안테나를 접었을 거야.' 그러나 조종사는 더이상 그를 원망하지 않았다. 그가 손을 놓기만 하면, 그들의 목숨은 덧없는 먼지처럼 곧 사라져 버릴 것이다. 그는 두 손에 자신과 동료의 뛰고 있는 심장을 쥐고 있었다. 갑자기 자신의 손이 두려워졌다.

숫양의 발길질 같은 돌풍 속에서, 조종간의 흔들림을 최소화하기 위해 그는 사력을 다해 매달렸다. 그렇게 하지 않으면 그 진동으로 조종석의 케이블선들이 다 끊어질 지경이었으므로, 그는 계속 붙잡고 있을 수밖에 없었다. 너무 힘을 준 나머지 손이 마비되어 감각이 없어졌다. 그는 손가락에 감각이 살아 있기나 한지 알아보려고 손가락을 움직이려 했지만, 손가락이 말을 듣는지 아닌지조차 알 수 없었다. 낯선 무언가가 팔 끝에 매달려 있었다. 감각이 없고 바람 빠진 풍선 같았다. 그는 생각했다. '잡고 있다는 확신을 가져야 해……' 그의 생각이 손에 전달되었는지는 알 수 없었다. 그는 어깨의 통증을 통해서만 핸들의 진동을 느꼈기 때문이다. '놓칠 것 같아. 손이 풀릴 것 같다……' 그러나 그는 그런 생각을 했다는 것만으로도 두려웠다. 왜냐하면 이제 그의 손이 생각의 어두운 힘에 복종해 천천히 풀리면서 그를 어둠 속에 놓아버릴 것 같았기 때문이다.

그는 아직 싸울 수 있고 자신의 운을 시험해볼 수도 있을 것 같았다. 외적인 숙명이란 없다. 그러나 내적인 숙명은 있다. 인간에게는 스스로의 나약함을 깨닫는 순간이 온다. 그 순간 여러 실수들이 현기증처럼 우리를 엄습한다.

바로 그때 태풍의 틈 사이로, 덫 속의 치명적인 미끼처럼 머리 위쪽에서 별들이 빛났다.

그는 그것이 함정임을 간파했다. 구멍으로 세 개의 별이 보였다. 그

별들을 향해 올라가면 더이상 내려올 수 없고 별을 깨문 채 거기에 머물게 될 것이다.
  그러나 빛에 굶주린 나머지, 그는 그만 올라가고 말았다.

16

 별들이 길잡이가 되어준 덕분에 그는 돌풍을 잘 피하면서 올라갔다. 별들의 약한 자성이 그를 이끌었다. 그는 너무 오랫동안 빛을 찾아 헤맸기 때문에 아무리 희미한 빛이라 해도 놓치고 싶지 않았다. 여인숙의 불빛 하나만으로도 부자가 된 기분이 들 정도로 빛에 굶주렸기에, 이 신호 주변에서 죽을 때까지 맴돌아도 좋다고 생각했다. 그래서 이제 그는 빛의 세계를 향해 올라가고 있었다.

 그는 활짝 열려 있는 우물 속으로 나선형을 그리며 조금씩 올라갔다. 그가 지나가고 나면 우물은 다시 닫혔다. 그가 위로 올라갈수록 구름은 어둠의 그림자를 지워버리고 점점 더 투명하고 하얀 파도가 되어 그를 스쳐지나갔다. 파비앵은 드디어 어둠에서 빠져나왔.

 그의 놀라움은 극에 달했다. 너무 밝아서 눈을 뜰 수가 없었다. 그는 몇 초간 눈을 감고 있어야 했다. 그는 밤에 구름이 그렇게 눈부시게 밝을 수 있다고 생각해본 적이 없었다. 그러나 보름달과 모든 별자리들이 구름을 찬란하게 빛나는 파도로 바꿔놓았다.

그가 솟구쳐오른 순간, 비행기는 단숨에 믿을 수 없을 정도로 평온을 되찾았다. 비행기를 흔드는 파도도 없었다. 제방으로 둘러싸인 곳을 통과하는 배처럼, 고요한 물결 속으로 들어섰다. 그는 마치 행복한 섬들로 이루어진 만 같은, 숨겨져 있던 미지의 하늘로 접어든 것이다. 아래쪽에서는 돌풍과 물기둥과 번개를 동반한 태풍이 삼천 미터 두께의 또다른 세계를 이루고 있었지만, 여기서는 눈처럼 희고 수정같이 맑은 얼굴을 하고 별들 주위를 맴돌고 있었다.

파비앵은 천국과 지옥 사이에 있는 이상한 세계에 다다랐다고 생각했다. 왜냐하면 그의 손도, 옷도, 비행기 날개도 모두 눈부시게 빛났기 때문이다. 빛은 별에서 내려오는 게 아니라 그의 아래와 그의 주위에 있는 흰구름들로부터 나오고 있었다.

그의 아래쪽 구름들은 달로부터 받은, 눈처럼 흰빛을 반사하고 있었다. 좌우에 탑처럼 높이 솟아 있는 구름들도 마찬가지였다. 사방은 온통 우윳빛이었고, 비행기는 그 속에 잠겨 있었다. 뒤를 돌아본 파비앵은 얼핏 무선사가 웃고 있는 모습을 보았다.

"훨씬 나아졌네요!" 그는 소리쳤다.

그러나 그 목소리는 비행기의 소음에 묻혀버렸고, 서로 미소만 교환했다. '웃고 있다니 내가 미쳤지. 우린 이제 죽었어.' 파비앵은 생각했다.

그렇지만 헤아릴 수 없이 많은 어둠의 손들로부터 그는 풀려났다.

마치 잠시 혼자 꽃밭을 걸을 수 있게 된 죄수처럼 그를 포박하던 줄이 풀린 것이다.

'너무나 아름답군.' 파비앵은 생각했다. 그는 보석처럼 빼곡히 들어찬 별들 사이에서 헤매고 있었다. 파비앵과 그의 동료 말고는 아무도 없는, 살아 있는 것이라곤 없는 세계에서. 그들은 보석이 가득한 방에 갇혀 다시는 그 방을 나올 수 없는, 동화 속 도시의 도둑들 같았다. 그들은 얼음처럼 차갑게 반짝이는 보석들 가운데서 엄청난 부자가 되었지만, 죽을 운명을 맞이하여 떠돌고 있었다.

17

파타고니아에 있는 코모도로 리바다비아 기항지의 무선사 한 사람이 갑작스러운 몸짓을 하자 무선국에서 야근을 하며 무기력하게 앉아 있던 직원들이 모두 그의 주변으로 몰려들었다.

그들은 눈부신 조명 아래 있는 백지를 들여다보았다. 무선사의 손은 여전히 주저했으나 연필은 움직였다. 그의 손은 아직 밤에 갇힌 이들의 말을 받아 적는 중이었지만, 손가락은 벌써부터 떨리고 있었다.

"폭풍우인가요?"

무선사는 그렇다는 뜻으로 고개를 끄덕였다. 뇌우로 인해 지직거리는 소리 때문에 그는 전보 내용을 알아듣기가 힘들었다.

잠시 후 무선사는 해독하기 힘든 어떤 부호들을 끄적였다. 그다음에는 단어들을 썼다. 그들은 이제 전문을 파악할 수 있었다.

"태풍 위쪽 삼천팔백 미터 상공에 갇혀 있음. 바다로 편류했다가 내륙을 향해 정서향으로 비행중. 아래쪽도 전부 막혔음. 아직도 바다 위인지 아닌지 알 수 없음. 태풍이 내륙에도 퍼져 있는지 알려주기 바람."

뇌우 때문에, 이 전보를 부에노스아이레스로 전송하기 위해서는 여러 기지국을 거쳐야 했다. 이 메시지는 마치 망루에서 망루로 이어지는 봉화처럼 어둠을 뚫고 나아갔다.

부에노스아이레스에서 회신을 보냈다.

"내륙 전역이 태풍권임. 남은 연료는?"

"삼십 분."

이 말은 철야근무중인 무선사들을 통해 이 기지국에서 저 기지국을 거쳐 부에노스아이레스로 전달되었다.

그 비행기 승무원들은 삼십 분 내로 태풍의 소용돌이에 휘말려 땅으로 내동댕이쳐질 운명이었다.

18

 리비에르는 생각에 잠겼다. 그는 더이상 희망을 품지 않았다. 그 승무원들은 어둠 속 어딘가로 침몰할 것이다.
 리비에르는 어린 시절 충격을 주었던 한 장면을 떠올렸다. 사람들이 시체 한 구를 찾기 위해 연못물을 다 퍼낸 적이 있었다. 이번에도 이 거대한 어둠의 덩어리가 지상에서 물러나고, 모래밭과 들판과 밀밭이 다시 모습을 드러내기 전에는 아무것도 발견하지 못할 것이다. 어쩌면 순박한 농부들이, 평화로운 황금빛 들판과 풀밭 위에 떨어져 얼굴에 팔을 올리고 잠든 듯 보이는 두 젊은이를 발견할지도 모른다. 하지만 밤은 그들을 집어삼킬 것이다.
 리비에르는 동화에 나오는 바닷속에 감춰진 보물처럼 밤의 깊은 어둠 속에 파묻힌 보물들을 생각했다…… 아직 피어나지 않은 꽃들을 피

우려고 날이 밝기를 기다리는 밤의 사과나무들을. 향기와 잠든 어린 양들과 아직 색깔을 드러내지 않은 꽃들을 잔뜩 품고 있는 밤은 풍요롭다.

비옥한 밭들과 젖은 숲과 신선한 목초지들이 낮을 향해 조금씩 피어오를 것이다. 그러나 이제는 위험하지 않은 언덕들과 초원과 어린 양들 사이에서, 고요해진 세상 속에, 두 젊은이는 잠든 것처럼 보일 것이다. 무언가가 가시적 세계로부터 그렇지 않은 세계로 흘러갈 것이다.

리비에르는 걱정 많고 다정한 파비앵 부인을 잘 안다. 이 사랑은 가난한 아이에게 빌려준 장난감처럼 그녀에게 잠시 빌려준 것일 뿐이다.

리비에르는 파비앵의 손을 떠올렸다. 그 손은 아직 몇 분간은 자신의 운명과도 같은 조종간을 잡고 있을 것이다. 애무하던 손, 어느 가슴 위에 놓여 마치 신의 손인 양 그 가슴을 설레게 하던 손. 어느 얼굴을 만지면 그 얼굴의 표정을 바꾸어놓던 손. 기적을 만들던 손.

파비앵은 이 밤 화려한 구름바다 위에서 떠돌고 있지만 저 아래쪽으로는 영원이 놓여 있다. 그는 자기 혼자만 살고 있는 별들 사이에서 길을 잃었다. 그는 여전히 세상을 손아귀에 쥐고 가슴에 끌어안은 채 균형을 잡고 있다. 그는 인간적 풍요로움의 무게가 실린 핸들을 단단히 잡고, 절망적으로, 이 별에서 저 별로 떠돌고 있다. 결국 되돌려줘야 할 쓸모없는 보석이지만……

리비에르는 무선국이 아직도 그의 소식을 듣고 있으리라 생각한다. 파비앵을 아직 이 세상과 연결시켜주는 유일한 끈인 음파, 단조로운 억

양. 탄식소리는 들리지 않는다. 비명도 아니다. 그것은 절망이 이제껏 만들어낸 소리 중 가장 맑은 소리다.

19

 로비노는 리비에르를 고독에서 끌어냈다.

 "소장님, 제 생각에는…… 어쩌면 이런 시도를 해볼 수 있지 않을까 싶은데요……"

 그는 사실 아무것도 제안할 게 없었지만, 자신의 선의를 그런 식으로 증명했다. 그는 해결책을 찾아내고 싶었고, 마치 수수께끼를 푸는 심정으로 해결책을 찾으려고 애썼다. 그러고는 항상 리비에르가 귀담아듣지 않는 해결책을 내놓았다. "이보게, 로비노, 인생에 해결책이란 없어. 앞으로 나아가는 힘뿐. 그 힘을 만들어내면 해결책은 뒤따라온다네." 그래서 로비노는 정비사들과의 협력을 통해 앞으로 나아가는 힘을 만드는 것으로 자신의 역할을 제한했다. 대단치는 않더라도 앞으로 나아가는 이 힘은 프로펠러 축에 녹이 스는 것을 막아주었다.

그러나 이 밤에 일어난 사건들은 로비노를 무력하게 만들었다. 감독관이라는 직책은 뇌우에 대해서도, 그리고 유령처럼 되어버린 승무원들에 대해서도 아무런 힘을 발휘하지 못했다. 그들은 정시 출발시의 특별수당을 받기 위해서가 아니라 로비노의 처벌을 무력하게 만들 유일한 처벌, 바로 죽음을 피하기 위해 투쟁했다.
이제 쓸모가 없어진 로비노는 하릴없이 사무실들을 왔다갔다했다.

파비앵 부인이 사무실에 모습을 드러냈다. 불안감에 사로잡힌 채, 그녀는 직원들이 일하는 사무실에서 리비에르와의 면회를 기다리고 있었다. 직원들은 은근슬쩍 눈을 들어 그녀의 얼굴을 살폈다. 그녀는 그런 시선에 수치심을 느꼈고, 두려운 표정으로 자기 주변을 둘러보았다. 이곳의 모든 것이 그녀를 거부하는 듯했다. 시체를 밟고 나아가듯 자기 일을 계속하는 저 사람들, 인간의 목숨과 고통이 몰인정한 숫자의 잔재로만 남아 있는 저 서류들. 그녀는 파비앵에 대해 말해줄 만한 표시들을 찾아보았다. 그녀의 집에서는 모든 것이 남편의 부재를 드러내고 있었다. 반쯤 젖혀진 침대 이불, 끓여놓은 커피, 꽃다발…… 그러나 여기서는 아무런 흔적도 찾을 수 없었다. 모든 것이 동정과 우정과 추억 따위와는 거리가 멀었다. 그녀 앞에서는 아무도 목소리를 높이지 않았기에 그녀의 귀에 들어온 유일한 말은 명세서를 요구하는 한 직원의 욕설이었다. "발전기 명세서, 빌어먹을! 우리가 산투스에 보냈던 거 말이야." 그녀는 깜짝 놀란 표정으로 눈을 들어 그 사람을 보았다. 그러고는 지도가 붙어 있는 벽을 쳐다보았다. 그녀의 입술은 보일락 말락 가늘게 떨렸다.

그녀는 여기에서 자신이 적대적인 진실을 드러내고 있는 듯해 마음이 편치 않았다. 이곳에 온 것이 잘못인가 하는 생각이 들어 숨을 곳만 있다면 숨고 싶었다. 모두가 다 쳐다볼까봐 기침도 눈물도 참았다. 그녀는 마치 벌거벗고 있기라도 한 듯 스스로가 너무 기이하고 파렴치하게 느껴졌다. 그러나 그녀의 진실이 너무 강렬했기에, 그녀의 얼굴에서 무언가를 읽어내려 몰래 힐끔거리는 시선이 끊이지 않았다. 이 부인은 너무도 아름다웠다. 그녀는 행복의 신성한 세계를 남자들에게 보여주고 있었다. 그녀는 우리가 행동하면서 자신도 모르는 사이 훼손하고 마는 존엄한 무언가를 보여주고 있었다. 수많은 시선 속에서 그녀는 눈을 감았다. 그녀는 사람들이 자신들도 모른 채 파괴해버리는 어떤 평화를 보여주고 있었다.

리비에르가 그녀를 맞아들였다.

그녀는 자신의 꽃과 끓여놓은 커피와 젊은 육체를 위해 소심하게 항변하기 위해 왔다. 한층 더 냉랭한 리비에르의 사무실에서, 그녀의 입술은 다시 파르르 떨렸다. 그녀는 자신의 진실을 이 또다른 세계에서는 설명할 수 없음을 깨달았다. 그녀의 내면에서 일어나는 모든 감정, 너무 열렬해 거의 야생에 가까운 사랑과 헌신의 감정이 여기에서는 성가시고 이기적인 얼굴을 한 듯 느껴졌다. 그녀는 도망치고 싶었다.

"제가 방해가 된 것 같네요……"

리비에르가 그녀에게 대답했다. "부인, 전혀 그렇지 않습니다. 불행하게도 부인과 저는 기다리는 것밖에 할 수 있는 일이 없군요."

그녀는 어깨를 약간 들썩였고, 리비에르는 그 의미를 이해했다. '내가 다시 돌아가서 보게 될 전등불, 차려진 저녁, 꽃들이 다 무슨 소용이 있겠어요……' 언젠가 한 젊은 어머니가 리비에르에게 이런 고백을 했다. "내 아이의 죽음을, 나는 아직도 이해할 수 없어요. 견디기 힘든 것은 사소한 일들이에요. 다시 보게 된 그 아이의 옷가지라든가 이제는 내 젖처럼 아무 쓸모 없어져버린, 한밤중에 깼을 때 가슴속 깊이 사무치는 애정이라든가……" 파비앵 부인 또한 남편의 죽음이 내일쯤부터 어렴풋이 실감나기 시작할 것이다. 이제는 소용없어진 행위 하나하나에서, 그리고 사물들 하나하나에서, 파비앵은 천천히 집을 떠나갈 것이다. 리비에르는 깊은 연민의 정을 가슴에 묻었다.

"부인……"

그 젊은 부인은 자신의 힘이 얼마나 큰지를 깨닫지 못하고 겸허한 미소를 띤 채 돌아갔다.

리비에르는 무거운 마음으로 자리에 앉았다.

'하지만 저 부인이 내가 찾고 있던 것을 발견하도록 도와주었어.'

그는 북쪽 기항지들이 보내온 재난 예방 전보를 무심코 톡톡 두드리고 있었다. 그는 생각에 잠겼다.

'영원하기를 바라는 건 아니야. 행동과 사물이 갑자기 그 의미를 잃는 것을 보고 싶지 않은 거지. 그런 때 우리를 둘러싼 공허가 모습을 드러내거든……'

그의 시선이 전보를 향했다.

'우리에게 죽음이 알려지는 것도 바로 이런 전보를 통해서야. 이제 더이상은 아무 의미가 없는 이런 전보를 통해서……'

그는 로비노를 바라보았다. 이제 아무 쓸모도 없는 이 하찮은 녀석은 더이상 의미가 없다. 리비에르는 그에게 거의 가혹하다 싶게 말했다.

"내가 자네에게 할일을 일일이 알려줘야 하나?"

리비에르는 곧장 직원들 방 쪽으로 난 문을 열고 나갔다. 파비앵 부인은 알아보지 못했던 여러 표시가 파비앵의 실종을 분명히 보여주고 있었고, 리비에르는 충격을 받았다. 파비앵이 탔던 비행기인 R. B. 903의 카드가 이미 게시판의 비행불능란에 꽂혀 있었다. 유럽행 우편기의 서류를 준비하던 직원들은 출발이 지연될 것을 알고 일처리를 제대로 하지 않고 있었다. 비행장에서, 현재 떠날 기약 없이 대기중인 승무원들에게 어떻게 지시를 내릴지 문의하는 전화가 왔다. 산 자의 업무가 지연되고 있었다. '죽음, 이런 게 바로 죽음이다!' 리비에르는 생각했다. 그의 사업은 바람 한 점 없는 바다 위에 떠 있는 고장난 돛배 같았다.

로비노의 목소리가 들려왔다.

"소장님…… 그들은 결혼한 지 육 주밖에 안 됐어요……"

"가서 일하게."

리비에르는 여전히 직원들을, 그리고 직원들 너머에 있는 잡역부, 정비사, 조종사 들을, 선구자라는 신념을 지니고 그의 과업을 도왔던 모든 사람들을 바라보았다. 그는 '섬들'에 대한 얘기를 듣고 배를 만들었던 옛날 소도시들을 생각했다. 거기에 희망을 싣기 위해, 자신들의 희망이 바다 위에서 돛을 활짝 펼치는 것을 보기 위해, 그들은 배를 만들었을 것이다. 그 배로 인해, 모두가 위대해지고 모두가 자신을 벗어나며 모두가 자유로워진다. '어쩌면 목적은 아무것도 정당화하지 못할지도 모른다. 하지만 행동은 우리를 죽음으로부터 해방시켜준다. 그 사람

들은 자기들이 만든 배를 통해 계속 살아가게 되리라.'
 전보들에는 그 진정한 의미를, 밤샘 대기하는 승무원들에게는 불안감을, 조종사들에게는 그들의 극적인 목적을 되찾게 해줄 때에야 비로소 리비에르 또한 죽음과 맞서 싸우게 될 것이다. 마치 바람이 바다에서 돛을 부풀리듯이, 생명이 이 사업에 활기를 불어넣어줄 때 말이다.

20

 코모도로 리바다비아에서는 실종된 우편기로부터 더이상 아무런 메시지도 듣지 못했다. 하지만 거기서 천 킬로미터 떨어진 바이아블랑카에서는 이십 분 뒤 두번째 메시지를 포착했다.
 "하강함, 구름 속으로 들어감……"
 곧이어 희미한 메시지 속 두 단어가 트렐레우 무선국에 수신되었다.
 "……아무것도 안 보임……"
 단파는 그런 식이다. 저기서는 잡아내지만, 여기서는 아무것도 들리지 않는다. 그리고 나서 이유도 없이 모든 것이 바뀐다. 어디에 있는지 위치를 알 수 없는 그 승무원은 시공을 초월해 살아 있는 사람들에게 존재를 알린다. 그리고 무선국의 백지 위에는 이미 유령이 된 이들이 남긴 글자들이 적힌다.

연료가 떨어진 것일까? 아니면 조종사가 엔진이 멎기 전에 땅에 충돌하지 않고 착륙하려고 마지막 패를 던진 것일까?
부에노스아이레스의 목소리가 트렐레우에 지시를 내린다.
"어찌된 일인지 물어보시오."

무전국 수신소는 니켈, 구리, 압력계, 그리고 전선들이 널려 있어 마치 실험실 같다. 흰색 작업복 차림으로 말없이 야근을 하는 무선사들은 간단한 실험을 하느라 몸을 숙이고 있는 듯 보인다.
그들은 섬세한 손가락으로 기계를 만지고 자성을 띤 하늘을 탐색한다. 금맥을 찾는 지하수맥 탐사가 같다.
"답신이 없소?"
"답신이 없습니다."
무선사들은 어쩌면 승무원이 살아 있다는 신호가 될 그 음파를 포착할지도 모른다. 비행기와 동체의 불빛이 별들 사이로 다시 올라간다면, 무선사들은 어쩌면 이 별이 부르는 노랫소리를 들을 수도 있겠지……
몇 초가 흐른다. 정말이지 피 같은 시간이다. 아직도 비행을 계속하고 있을까? 일 초 일 초마다 가능성이 사라져간다. 흘러가는 시간은 곧 파괴를 의미한다. 이십 세기에 걸친 시간이 사원을 스쳐지나가면서 화강암 속에 길을 내 그것을 먼지로 만들어버리듯, 일 초 일 초 흐를 때마다 마모의 시간이 쌓여 승무원을 위협한다.
매 순간이 무언가를 빼앗아간다.
파비앵의 목소리, 파비앵의 웃음, 파비앵의 미소를 앗아간다. 침묵이 쌓인다. 점점 더 무거워지는 침묵은 바다의 무게처럼 이 승무원들을 짓누른다.

그때 누군가 말한다.

"한시 사십분. 연료의 최대 한계 시간입니다. 그들이 아직도 비행한다는 것은 불가능합니다."

고요가 깃든다.

마치 여행이 끝날 때처럼 씁쓸하고 김빠진 맛이 입가에 느껴진다. 우리가 알 수 없는 어떤 일, 약간 낙담케 하는 어떤 일이 일어났다. 이 모든 니켈과 구리선 사이에서, 폐허가 된 공장을 떠도는 슬픔이 느껴진다. 이 기계들은 모두 무겁고 쓸모없고 폐기된 것처럼 보인다. 죽은 나뭇가지의 무게가 느껴진다.

날이 밝기를 기다릴 뿐 할 수 있는 일이 없다.

몇 시간 뒤면 아르헨티나 전역에 날이 밝을 것이다. 이 사람들은 그때까지 여기서 자리를 지키고 있을 것이다. 무엇이 들어 있는지도 모른 채 천천히 끌어올린 그물을 지켜보고 있는 해변의 어부들처럼.

자신의 사무실에서 리비에르는 운명으로부터 해방될 때 느끼는, 대재앙 후에만 느낄 수 있는 감정의 이완을 경험한다. 그는 이 지역 전 경찰에 지원을 요청했다. 그는 이제 아무것도 할 수 없다. 그저 기다려야만 한다.

그러나 상가喪家에도 질서는 필요하다. 리비에르는 로비노에게 신호를 보낸다.

"북부 기항지에 전보를 보내게. '파타고니아 우편기가 상당히 오래 연착되리라 예상됨. 유럽행 우편기의 출발이 너무 지연되지 않도록 파타고니아 우편기의 우편물은 다음 유럽행 우편기에 실어 보내겠음.'"
 그는 몸을 앞으로 살짝 숙인다. 그는 무언가를 기억해내려고 애쓴다. 중요한 문제였는데, 아! 그래, 생각났다. 잊지 않으려면 당장 말해야 한다.
 "로비노."
 "네, 소장님?"
 "문서를 하나 작성하게. 조종사들에게 천구백 회 이상의 회전을 금지한다고 쓰게. 회전수를 지키지 않으면 엔진이 망가지니까."
 "네, 알겠습니다, 소장님."
 리비에르는 몸을 조금 더 숙인다. 그는 절실히 혼자 있고 싶어졌다.
 "자, 로비노. 이제 가보게, 이 친구야……"
 로비노는 이처럼 암울한 그림자가 드리운 가운데서도 한결같은 리비에르의 태도에 두려운 마음이 들었다.

21

로비노는 이제 우울한 기분으로 이 사무실 저 사무실을 왔다갔다하고 있었다. 두시로 예정된 우편기의 출발이 취소되고, 날이 밝을 때까지 더이상 이륙하는 비행기는 없을 것이므로, 회사는 호흡이 멈춘 셈이었다. 직원들은 굳은 표정으로 여전히 자리를 지키고 있었지만, 이 야근은 무의미해졌다. 북쪽 기항지들로부터 재난 예방 전보가 규칙적으로 들어오고 있었는데, '하늘 맑음' '보름달' '바람 없음' 등의 기상 정보들은 불모의 왕국을 떠올리게 했다. 달빛 아래 돌뿐인 사막을. 로비노는 사무장이 작업하고 있던 서류를 무심코 뒤적이다가, 사무장이 '그건 제 서류인데, 언제 돌려주실 건가요?'라고 말하고 싶은 듯 무례할 정도로 공손하게 그의 앞에 버티고 서서, 서류를 자기에게 돌려주기를 기다리고 있음을 알아차렸다. 하급자의 그런 태도에 감독관은 충격을 받았지만, 뭐라 할말이 없었다. 그는 못마땅해하며 서류를 돌려주었다. 사무장은 아주 위엄 있게 자기 자리로 돌아가 앉았다. '저 녀석을 내쫓았어야 했어'라고 로비노는 생각했다. 그러나 겉으로는 태연하게, 오늘의 사건을 생각하며 몇 발자국 옮겼다. 이 참극으로 인해 야간비행 정책이 힘을 잃지 싶어 로비노는 두 배로 애석했다.

자기 사무실에 처박혀 있는 리비에르의 모습이 떠올랐다. 리비에르는 로비노를 "이 친구야……" 하고 부르곤 했다. 이제껏 그가 이 정도까지 지지를 잃은 적은 없었다. 로비노는 그에게 무한한 연민을 느꼈다. 그는 대놓고 드러내지 않으면서 동정하고 위로할 수 있는 말이 어떤 게 있을까 궁리했다. 그는 정말 아름답게 느껴지는 어떤 감정에 고무되어 리비에르의 방문을 조심스럽게 두드렸다. 아무 반응이 없었다. 그는 이런 침묵 속에 감히 더 세게 두드릴 수 없어, 문을 살짝 밀었다. 리비에르는 거기에 있었다. 로비노는 처음으로, 조금은 동지 같은 입장, 말하자면 거의 대등한 입장으로 그 방에 들어갔다. 스스로가 총알이 빗발치는 가운데 부상당한 장군을 구해 퇴각한 뒤, 유형지에서 그의 의형제가 되어준 병사 같다는 생각도 살짝 들었다. 그는 '무슨 일이 있어도 저는 당신과 함께하겠습니다'라고 말하고 싶었던 것 같다.

리비에르는 말없이 고개를 숙이고 자기 손만 들여다보고 있었다. 로비노는 리비에르 앞에 서자 감히 아무 말도 할 수가 없었다. 낙담해 쓰러져 있더라도 사자는 그를 주눅들게 했다. 그는 보다 헌신적인 말을 준비했지만, 눈을 들 때마다 사분의 삼쯤 기울어진 리비에르의 얼굴과 잿빛 머리칼, 쓰라린 고통으로 굳게 다문 입술과 마주쳐 말문이 막혔다! 마침내 그는 결심하고 말을 꺼냈다.

"소장님……"

리비에르는 고개를 들어 그를 바라보았다. 리비에르는 너무 깊고 먼 공상에 빠져 있느라 그때까지도 로비노가 앞에 와 있는 것조차 알아채지 못했던 듯했다. 그가 어떤 생각에 빠져 있었는지, 무엇을 느꼈는지, 어떤 슬픔을 겪었는지는 아무도 몰랐다. 리비에르는 지금 일어나고 있는 사태의 산증인이라도 되는 양 로비노를 한참 동안 바라보았다. 로비노는 마음이 불편했다. 로비노를 바라보는 리비에르의 입가에는 점점 이해할 수 없는 빈정거림이 떠올랐다. 리비에르가 바라보면 바라볼수록, 로비노의 얼굴이 점점 붉어졌다. 리비에르에게는 로비노가 참으로 감동적인 선의에서, 그리고 불행히도 자발적인 선의에서 인간의 어리석음을 증명하기 위해 온 것만 같았다.

로비노는 몹시 당황스러웠다. 병사도, 장군도, 총알도 더이상 통하지 않았다. 설명할 수 없는 사태가 벌어지고 있었다. 리비에르는 여전히 그를 바라보고 있었다. 로비노는 자기도 모르게 자세를 가다듬고 왼쪽 주머니에서 손을 뺐다. 리비에르는 여전히 그를 바라보고 있었다. 마침내 로비노는 아주 군색해져서 이유도 모른 채 이렇게 말했다.

"지시를 받으러 왔습니다."

리비에르는 시계를 꺼내 보더니 이렇게만 말했다.

"두시군. 아순시온 우편기가 두시 십분에 착륙할 예정이오. 유럽행 우편기를 두시 십오분에 출발시키시오."

로비노는 야간비행이 중단되지 않는다는 놀라운 소식을 퍼뜨렸다. 로비노는 사무장에게 말을 건넸다.

"검토해야 하니 그 서류를 가져오게."

그리고 사무장이 그의 앞에 왔을 때, 이렇게 말했다.
"기다리시오."
사무장은 기다렸다.

22

아순시온 우편기가 곧 착륙한다는 신호를 보내왔다.

리비에르는 최악의 시간에조차 전보를 하나하나 살펴보며 아순시온 우편기의 순조로운 비행을 지켜보았다. 이처럼 혼란한 가운데서도, 그에게는 그렇게 하는 것이 자신의 신념에 대한 복수이자 증명이었다. 이 순조로운 비행은 전보를 통해 다른 수많은 비행 또한 순조로우리라는 점을 예고했다. '매일 밤 태풍이 오는 건 아니다.' 리비에르는 또 이런 생각도 했다. '일단 길을 개척해놓으면, 그 길을 따라가지 않을 수 없는 법이다.'

꽃이 만발하고 정자와 유유히 흐르는 시냇물이 있는 아름다운 정원에서 내려오듯, 파라과이를 떠나 이 기항지 저 기항지를 거쳐오는 비행기는 별 하나도 뿌옇게 만들지 못하는 태풍의 가장자리에서 미끄러져 내려오고 있었다. 아홉 명의 승객은 여행용 담요로 몸을 감싼 채, 보석이 가득한 진열창을 들여다보듯이 창문에 이마를 대고 밖을 바라보았다. 창백한 금빛으로 빛나는 별들의 도시 아래로 한밤의 아르헨티나 소도시들이 황금색 조명을 있는 대로 다 켜놓은 듯 빛나고 있었기 때문이다. 앞쪽에 있는 조종사는 염소지기처럼, 달빛을 가득 머금은 눈을 크게 뜨고 인간의 목숨이라는 소중한 짐을 두 손으로 잡고 있었다. 부에노스아이레스의 수평선은 벌써 장밋빛 불빛으로 물들었고, 이제 곧 동화에 나오는 보물처럼 그 도시의 모든 보석들이 반짝일 것이다. 무선사는 하늘에서 즐겁게 연주하는 소나타의 마지막 소절인 양 손가락으로 마지막 전보를 쳐서 날려보냈다. 리비에르는 그 노래에 담긴 의미를 이해했다. 이윽고 그는 안테나를 내리고 살짝 기지개를 켠 뒤 하품을 하고는 미소 지었다. 도착했군.

착륙한 후 조종사는, 양손을 주머니에 넣은 채 비행기에 기대서 있는 유럽행 우편기 조종사를 보았다.

"자네 차례인가?"

"응."

"파타고니아 우편기는 도착했나?"

"기다리지 않기로 했어. 실종이야. 날씨는 좋아?"

"아주 좋아. 파비앵이 실종된 거야?"

그들은 말을 아꼈다. 동지애가 깊어 말이 필요 없었다.

아순시온에서 가져온 우편가방들이 유럽행 비행기에 옮겨지는 동안에도, 조종사는 고개를 뒤로 젖혀 목덜미를 조종석에 기댄 채 꼼짝 않고 별들만 바라보았다. 그는 자신의 내면에서 커다란 힘이 솟아나는 걸

의식하며 강렬한 기쁨을 느꼈다.

"다 실었나? 그럼 출발." 누군가의 목소리가 들렸다.

조종사는 움직이지 않았다. 엔진에 시동이 걸렸다. 조종사는 기대고 있는 어깨를 통해 이 비행기가 살아 있음을 느낄 것이다. 조종사는 마침내 안심했다. 떠난다, 못 떠난다, 수많은 헛소문 끝에…… 마침내 떠날 것이다! 그의 입이 살짝 벌어졌고, 달빛을 받아 치아가 어린 맹수의 그것처럼 빛났다.

"조심해, 밤이니까!"

그는 동료의 조언을 듣고 있지 않았다. 두 손을 주머니에 넣은 채 머리를 뒤로 젖히고, 구름과 산과 강과 바다를 바라보면서 소리 없이 미소 지었다. 이 희미한 미소, 그러나 그의 내면에서 우러나온 그 미소는 나무를 흔들고 지나가는 산들바람처럼 그의 온몸을 떨게 만들었다. 그 희미한 미소는 이 구름과 산과 강과 바다보다 훨씬 강한 것이었다.

"왜 웃어?"

"그 바보 같은 리비에르가…… 내가 겁먹었을 거라고 생각한 모양이야!"

23

 잠시 후 그 비행기는 부에노스아이레스 상공을 지나갈 것이다. 다시 싸움을 시작한 리비에르는 그 소리를 듣고 싶어한다. 별들 속으로 행군하는 군대의 힘찬 발소리처럼 굉음을 내다 사라지는 비행기 소리를 듣고 싶어한다.
 리비에르는 팔짱을 끼고 직원들 사이를 지나간다. 창문 앞에 멈춘 그는 그 소리를 들으며 생각에 잠긴다.
 단 한번이라도 출발을 중단시켰다면, 야간비행의 명분은 사라졌을 것이다. 그러나 내일이면 그를 비난할 마음 약한 사람들을 앞질러 리비에르는 그날 밤에도 또다른 승무원을 출발시켰다.
 승리…… 패배…… 이런 단어들은 아무 의미가 없다. 생명은 이런 이미지들의 저 아래쪽에서 이미 새로운 이미지들을 준비하고 있다. 승리로 인해 어떤 민족은 약해지고, 패배로 인해 어떤 민족은 각성한다. 리비에르가 겪은 패배는 어쩌면 진정한 승리에 한발 다가서는 출발점일지도 모른다. 오로지 전진하는 사건만이 중요하다.

오 분 뒤면 무선국은 기항지들에 경보를 보낼 것이다. 만오천 킬로미터에 걸쳐 퍼져나가는 생명의 떨림이 모든 문제를 해결할 것이다.

오르간의 노랫소리 같은 비행기 소리가 벌써 고조되고 있다.

리비에르는 자신의 엄격한 시선 앞에 움츠러드는 직원들 사이를 느린 걸음으로 지나 업무에 복귀한다. 리비에르 대왕, 승리자 리비에르. 무거운 승리를 떠받치고 있는 사람.

해설 |

존재와 도전, 자유와 의무 사이에서

 생텍쥐페리는 1900년 6월 29일 리옹에서 태어나 1944년 7월 31일 마르세유 앞바다에서 실종되었다. 작가, 시인, 비행기 조종사, 리포터였던 그는 프랑스 귀족 가문 출신으로 아버지를 일찍 여의긴 했지만(1904년), 형제자매(그는 다섯 남매 중 셋째였다)와 함께 어머니가 유산으로 물려받은 성城에서 행복한 어린 시절을 보냈다. 1917년 대학 입학 자격을 얻고, 해군사관학교에 응시했다 떨어진 뒤 에콜 데 보자르에서 청강생으로 건축학을 공부했다.
 1921년 스트라스부르에 주둔한 공군에 입대해 조종사가 된 그는 1926년 라테코에르 항공사(후에 아에로포스탈이 됨)에 취직해서 툴루즈-세네갈 노선 우편기를 몰다가 1929년에는 남미 노선까지 진출한다. 한편, 비행 경험에서 영감을 얻어 쓴 소설들을 발표한다.

생텍쥐페리는 첫 장편소설 『남방우편기』(1929)에 이어 두번째 장편소설 『야간비행』(1931)을 발표해 큰 성공을 거둔다. 1932년, 회사가 어려워지기 시작하자 그는 글쓰기와 신문사 일에 전념하고, 1934년에 베트남, 1935년에 모스크바, 1936년에 스페인 내전을 취재하면서 인간의 가치에 대해 깊이 성찰하게 된다. 이때의 경험이 『인간의 대지』(1939)의 밑거름이 되었다. 1939년, 공군에 재입대해 공군 정찰대 전투비행중대에 배속된다. 휴전이 되자, 그는 미국의 참전을 독려하기 위해 뉴욕으로 가서 레지스탕스의 목소리를 대변한다. 마침내 1944년 봄, 그는 사르데냐에 이어 코르시카에서 참전한다.

1944년 7월 31일, 생텍쥐페리는 임무 수행 도중 자신의 비행기 록히드 P-38 라이트닝과 함께 바닷속으로 사라진다. 비행기의 잔해는 2000년에야 마르세유 앞바다에서 발견되었다.

『어린 왕자』는 전쟁중 뉴욕에서 쓰였고, 1943년에 그가 직접 그린 수채화와 함께 출판되었으며, 프랑스에서는 1946년에 갈리마르사에서 나온다. 시적이고 콩트에 가까운 『어린 왕자』는 그의 작품 가운데 대중적으로 가장 큰 성공을 거둔 작품으로, 세계에서 1억 4500만 부 이상이 팔렸다. 생텍쥐페리가 실종되었을 때 그에게는 자녀가 없었던데다 막내 여동생 가브리엘(1903~1986) 말고는 자녀를 둔 형제가 없었기 때문에, 그의 이름과 작품에 대한 상속권은 모두 여동생의 자녀들에게 돌아갔다.

생텍쥐페리의 작품들이 전적으로 자전적이라 할 수는 없지만, 대체로 조종사로서의 삶에서 영감을 얻은 것은 사실이다. 그렇기 때문에 생텍쥐페리의 조종사로서의 삶은 작품을 통해 우리에게 잘 알려져 있지만, 성장기에 관한 소설이 없는 것이 아쉽다. 그가 그렇게 허무하게 일찍 사라지지 않았더라면 그런 소설을 만나볼 수 있었을 테지만, 우리는 그저 백과사전의 서술을 통해서나 그의 어린 시절의 몇몇 중요 사건을 엿볼 뿐이다.

어린 생텍쥐페리의 비행기 사랑

1912년, 생텍쥐페리는 생모리스에서 멋진 방학을 보낸다. 비행기의 매력에 빠져 있던 그는 집에서 몇 킬로미터나 떨어진 앙베리외 비행장에 여동생 가브리엘과 함께 자전거를 타고 자주 가곤 했다. 비행기의 기능에 대해 배우기 위해서였다. 하루는 그가 조종사 가브리엘 살베즈에게 자기 어머니가 비행기 타는 것을 허락했다고 말한다. 그렇게 해서 생텍쥐페리는 열두 살 때 처음으로 비행기를 타게 되고, 비행기에 대한 새로운 열정을 보여주는 시를 쓴다. 엔진소리가 노랫소리로 들린다는……

    날개들은 저녁 미풍에 떨고 있었다
    엔진의 노랫소리가 잠든 영혼을 달랬다
    태양은 창백한 빛으로 우리를 스쳐지나갔다.

사랑하는 동생 프랑수아의 죽음

1917년, 그는 대학 입학 자격을 얻었지만, 공부를 썩 잘하는 학생은 아니었다. 그는 문학보다는 오히려 과학을 더 잘했다. 그해 여름, 단짝 친구 같던 두 살 아래 남동생 프랑수아가 심낭염에 걸려 죽는다. 생텍쥐페리는 동생의 죽음으로 슬픔에 빠진 채 청소년기를 보낸다. 1차대전도 그에게 영감을 준다. 그는 뾰족 모자를 쓴 프로이센 군인들, 황제, 그리고 독일 황태자를 그림으로 그리고, 시도 쓴다.

전쟁의 봄

이따금 희미한 달빛 아래, 한 군인이
맑은 물 위에 자신을 비춰보며,
자신의 사랑과 스무 살을 꿈꾼다!

방황하는 문학청년

1919년, 그는 해군사관학교에 응시했다 떨어진다(과학 성적은 아주 좋았으나, 문학 점수가 모자랐다). 그래서 에콜 데 보자르에 건축과 청강생으로 등록한다.

이 무렵 그는 사촌누이 이본의 도움을 받아 여러 일자리를 얻고, 특히 친구인 앙리 드 세고뉴와 함께 몇 주 동안, 장 노게의 오페라 〈쿠오

바디스〉에 출연하기도 한다. 1918년, 그는 낭만주의 시로 그에게 영감을 준 시인 루이즈 드 빌모랭과 사귀게 된다.

나의 여자친구에게

나는 너를 밝은 벽난로처럼 기억해
가까이에서 몇 시간씩 말없이 지냈어
사냥터에서 돌아온, 늙고 지친 사냥꾼들처럼
불을 쑤셔 살려내고 그들의 훤둥이 개는 한숨 돌리지.

이 시기에, 집중적으로 시작활동을 한다. 약간 우울한 시, 소네트, 4행시 「밤샘Veillée」(1921)을 썼는데, 인생 계획도 없고 장래에 대한 전망도 불확실하던 때라 어려운 시기를 보내고 있음이 시에 잘 나타난다. 어떤 시들은 글씨를 정성껏 쓰고 먹물로 그림을 그리고 채색까지 했다.

글쓰는 조종사가 되다

1921년 4월, 스트라스부르의 공군 2연대에 정비사로 복무를 하던 중 조종사 훈련을 받게 된다. 그는 주의가 다소 산만한 조종사라는 평가를 받았다. 7월, 연수를 마치고 첫 단독비행을 했다. 1923년 봄, 부르제에서 처음으로 비행기 사고를 당해 두개골 골절을 입는다. 이 심각한 사고 후, 그는 군에서 제대하지만 여전히 공군 재입대를 생각한다. 그러나 약혼녀 루이즈와 그녀의 가족의 반대로 포기하고, 9월 루이즈와 파혼한다. 평범한 삶을 살려고 시도해보지만 적성에 맞지 않는다.

그는 결국 항공우편회사에 취직해 조종사로 일하며 글을 쓴다. 1931년 『야간비행』을 발표하고 엘살바도르 국적의 작가 콘수엘로와 결혼하면서 그의 꿈이 다 이루어지는 듯했지만, 2차대전 발발로 행복은 끝이 난다.

인간의 행복은 어디서 오나?

생텍쥐페리가 아르헨티나에 머무는 동안 쓴 『야간비행』은 그의 두 번째 소설로, 앙드레 지드가 머리말을 쓰고 1931년 갈리마르사에서 나왔다. 독자들의 뜨거운 반응과 평론가들의 호평 속에, 이듬해 미국과 영국에서 영역본이 출간되고, 1933년에는 영화로 각색되어 큰 인기를 끈다. 1934년, 프랑스에서 상영된 이 영화는 십 주간이나 흥행하며 생텍쥐페리를 대중에게 알리는 데 큰 역할을 한다. 비행기 프로펠러로 장식된 병에 '야간비행'이라는 이름을 붙인 향수까지 나왔다고 하니 대중적인 인기가 어느 정도였는지 짐작이 된다.

생텍쥐페리에게 『야간비행』은 특히 밤에 대한 예찬을 담은 작품이라고 할 수 있다. 이 소설은 추억을 상기시켜주고, 깊은 명상으로 인도한다. '불안한 밤' '힘든 밤' '그들을 가두는 거대한 어둠'에 대한 명상이다.

이 책은 생텍쥐페리가 조종사로 근무했던 항공우편회사의 영업부장 디디에 도라에게 바치는 헌사로 시작된다. 그는 작품 속 리비에르의 모델이 된 인물이다. 항공우편회사는 기차나 배와의 속도 경쟁을 위해 위험을 무릅쓰고 야간비행을 감행한다. 실수는 목숨을 위협하고, 나약함은 재앙이 된다. 중요한 것은 비행기 자체를 개선하는 것뿐 아니라 사람을 단련시키는 일이라고 리비에르는 생각한다. 용기는 자기초월의 방법이다. 규율은 세상의 무질서와의 싸움이다. 그는 총책임자로서 비타협적인 사람이다. 그는 우편기가 연착되는 일이 없도록 하기 위해 조종사들에게 악천후에 맞서고 특히 두려움을 극복하기를 요구한다. 그 덕분에 만오천 킬로미터에 걸친 우편비행이 계속된다.

이 책의 머리말을 쓴 앙드레 지드는, 소설의 주인공 '냉정한 상사 리비에르'에 주목한다(당시 영화화되면서 클라크 게이블이 조종사 파비앵 역할을 맡은 것으로 보아 형식상으로는 파비앵이 주인공인지도 모르겠다. 그러나 내용상으로 보면 리비에르가 주인공이다).

"내게 조종사 캐릭터보다 훨씬 더 놀라운 인물은 바로 그의 상사인 리비에르다. 그는 직접 행동하지 않는다. 대신 조종사들로 하여금 행동하게 만든다. 리비에르는 그들에게 자신의 가치를 고취해 최선을 다할 것을 요구하며, 업적을 이루도록 강요한다. 그의 무자비한 결정은 나약함을 허용하지 않고, 일말의 망설임조차 용납하지 않는다. 얼핏 보기에, 그의 엄격함은 비인간적이고 과도해 보인다. 그러나 그가 단련하고자 하는 것은 인간 자체가 아니라 인간이 지닌 결함이다. 리비에르를 묘사하는 부분을 보면, 그에 대한 작가의 감탄이 느껴진다"라면서, 지드 자신도 "인간의 행복은 자유 속에 있지 않고 의무를 받아들이는 데 있"다는, "이 책의 등장인물들은 모두 열정적으로 자기가 해야 하는 일,

그 위험한 임무에 모든 것을 바치고, 임무를 완수했을 때에야 비로소 행복한 휴식을 얻는다"는 리비에르의 생각에 동의한다.

리비에르의 행복 논리는 단순명료하다. "저들은 행복해. 내가 혹독하게 군 덕분에 저들이 자기 일을 사랑하게 된 거지."

한편, 지드는 이 책이 문학성과 다큐멘터리로서의 가치가 잘 융합되어 있어 빛나는 작품이라고 머리말을 끝맺는다.

"이 책은 내가 찬탄해 마지않는 문학성을 지니고 있는데다 다큐멘터리로서의 가치도 뛰어나다. 이 두 장점이 아주 잘 융합되어『야간비행』을 더욱 빛나게 한다."

인생에 해결책은 없다. 나아가는 힘이 있을 뿐……

악천후 속에 야간비행에 나선 조종사 파비앵이 죽음과 맞서는 것은, 앞으로 나아가기 위해서가 아니라 존재 의미를 자기 의무로 삼기 때문이다. 죽음은 승리가 된다. 비록 눈물과 고통이라는 대가를 치르게 되지만 말이다. 파타고니아 우편기는 뇌우의 위협을 받는다. 파비앵은 번개가 뚫고 지나가는 거대한 구름덩어리를 피해갈 수 없다. 그가 방금 떠나온 공항에는 태풍이 불고 어느 기착지든 착륙은 불가능하다. 그는 되돌아올 수 없고 태풍과 맞서야만 한다.

부에노스아이레스에서 리비에르는 소식을 기다린다. 번개가 심해서 다른 기착지와의 무선 연결도 끊겼다. 비행기는 행방이 묘연해졌고 연료가 바닥날 시간은 훌쩍 지났다. 이제 날이 밝기를 기다리는 것 외에 아무것도 할 수 있는 일이 없다. 파비앵의 아내는 불안감을 이기지 못하고 회사에 나타난다. 리비에르에게 그녀의 존재는 '삶의 또다른 의미'를 생각하게 한다. 사랑. 그러나 리비에르는 사랑도 결국에는 노화와 죽음에 의해 끝장나는 거라고 생각한다. 더 지속될 수 있는 무엇! 그는 그것을 원한다.

"인생에 해결책이란 없어. 앞으로 나아가는 힘뿐. 그 힘을 만들어내면 해결책은 뒤따라온다네." 그것이 야간비행을 지속시켜야 하는 이유다. 승무원들의 목숨을 앗아간 것은 악천후와 어둠과 비행기의 결함이었다. 리비에르는 악천후에 맞설 용기와 비행기의 결함을 찾아내는 완벽함을 요구한다. 그는 정원사가 잡초를 제거하는 것처럼 직원들의 실수를 제거하려 애쓴다. 그래서 리비에르의 노력은 어쩌면 휴식도 희망도 없는 노력인지도 모른다.

"인간의 목숨이 무엇보다 소중한 것이라 해도, 우리는 항상 무언가가 인간의 목숨보다 더 값진 것처럼 행동하죠." 아까운 젊은 목숨들을 앗아간 야간비행을 비난 속에도 계속했던 리비에르는 승리자였지만, 그것은 목숨을 대가로 치른 "무거운 승리"였다.

용경식

앙투안 드 생텍쥐페리 연보

1900년	6월 29일 프랑스 리옹에서 출생. 4세 때 아버지가 뇌출혈로 사망. 10세 때까지 바르 지방에 있는 외할머니 소유의 라몰 성城과 렝 지방에 있는 숙모 소유의 생모리스드레망 성城에서 지냄. 누나 둘(마리 마들렌, 시몬), 남동생(프랑수아), 여동생(가브리엘)이 있음. 다섯 남매 가운데 셋째이자 장남.
1912년	앙베리외 비행장에서 첫 비행.
1914년	빌프랑슈쉬르손에서 동생과 함께 콜레주 몽그레 입학, 전쟁과 건강상의 이유로 3개월 후 학교를 떠나 스위스 프리부르로 가서 빌라 생장 학교에 입학.
1917년	대학 입학 자격 획득, 동생 프랑수아가 심낭염으로 사망.
1920년	에콜 데 보자르 건축과에서 청강생으로 6개월간 수학.
1921년	2년간 군복무를 위해 공군에 소집됨. 정비부대 소속이었으나 개인 교습을 받은 후 조종사가 됨. 카사블랑카에 배속되어 1922년 2월까지 체류.
1923년	비행기가 부르제에서 추락해 두개골 골절상을 입음. 6월, 공군에서 제대. 9월, 작가인 루이즈 드 빌모랭과 파혼.
1926년	라테코에르 항공사(나중에 아에로포스탈이 됨)에 입사. 이곳에서 리비에르의 모델이 되는 영업부장 디디에 도라를 알게 됨. 단편 「비행사 L'aviateur」를 잡지에 발표. 툴루즈에서 장 메르모즈와 앙리 기요메를 알게 됨. 스페인 알리칸테로 첫 우편비행.

1927년	툴루즈-카사블랑카-다카르 노선 우편기 조종. 모로코 남부 캅쥐비의 기항지 지점장으로 발령받고 불시착한 조종사들을 원주민 부족으로부터 구조하는 일을 맡음. 해안 지역의 외따로 떨어진 사막에서 18개월을 보냄. 이때『남방우편기 *Courrier sud*』를 씀.
1929년	프랑스로 돌아와『남방우편기』를 발표하며 갈리마르 출판사와 전속 계약을 맺음. 브레스트에서 항공 고등 교육을 받고 9월에 남미로 이동해 메르모즈와 기요메 조직에 합류, 아에로포스탈의 파타고니아 노선 확장을 위해 일함.
1930년	가을, 아르헨티나를 떠나기 몇 주 전 알리앙스 프랑세즈 리셉션에서 엘살바도르 국적의 문인이자 화가인 콘수엘로 순신과 만나 7개월 만에 결혼함.
1931년	두번째 작품『야간비행』을 출간하고 그해 페미나상을 수상함. 1932년 아에로포스탈은 문을 닫고, 그는 시험비행사와 공습조종사로 남는 한편, 일간지〈파리 수아르〉의 특파원으로 일함.
1934년	새로 창설된 에어프랑스에 입사.
1935년	파리-사이공 노선의 비행시간 기록 갱신에 나섰다가 리비아 사막에 불시착. 물도 식량도 없이 나흘간 헤매다가 베두인 유목민에게 구조됨. 그때의 모험을 담은 58쪽의 원고가 2009년 경매에서 팔림.
1936년	스페인 내전에 파견. 이때 인간 조건에 부여하는 의미에 대해 깊이 생각함. 이 경험이『인간의 대지 *Terre des hommes*』의 밑거름이 됨.
1939년	2월,『인간의 대지』출간. 6월, 미국에서『바람과 모래와 별』이라는 제목으로 번역 출간되어 '이달의 책'으로 선정되고, 프랑스에서는 아카데미 프랑세즈 소설 대상 수상. 미국

	여행. 8월, 전쟁이 임박했음을 예감하고 서둘러 귀국. 9월, 공군 대위로 정찰대의 전투비행중대에 배치됨.
1940년	5월, 아라스 상공 비행중 독일의 공격으로 비행기가 벌집이 되었지만 무사히 귀환. 이 경험을 바탕으로 『전시 조종사 Pilote de guerre』를 집필. 6월, 휴전협정. 7월, 공군에서 전역. 『성채 Citadelle』 집필 계획. 10월, 미국 출판사로부터 『바람과 모래와 별』의 판촉에 참가할 것을 권유받는 한편, 프랑스의 전쟁에 관한 다른 책 집필을 요청받음. 미국행을 결심. 11월, 지중해 상공에서 영국 비행기로 오인한 이탈리아 전투기에 격추당해 앙리 기요메가 사망했다는 소식을 접함. 12월, 뉴욕으로 출발.
1941년	미국 망명생활이 시작됨. 영화감독 장 르누아르의 초청으로 할리우드에 감. 『인간의 대지』 영화화 계획.
1942년	뉴욕으로 돌아와 『어린 왕자 Le Petit Prince』 집필 시작. 2월, 『전시 조종사』가 영어로 번역되어 『아라스로의 비행 Flight to Arras』이라는 제목으로 출간(베르나르 라모트의 삽화). 프랑스에서도 출간되었다가 1943년 독일 당국에 의하여 판매 금지됨. 여름을 롱아일랜드에서 보냄. 『어린 왕자』 집필과 삽화 그리기에 몰두. 11월, 독일이 프랑스 전역을 점령. 연합군의 북아프리카 상륙 작전 개시 3주 후 뉴욕에서 무선방송을 통해 프랑스인들의 단결을 호소하지만, 이미 시기적으로 너무 늦음. 12월 〈뉴욕 타임스〉에 "모든 곳에 있는 프랑스 사람들에게"라는 공개서한을 발표하고 2/33 비행중대에 합류하려고 노력. 최근 공개된 자료에 따르면, 미국 비밀정보기관은 드골 장군 대신 그를 밀어줄 생각을 했던 것으로 보임.
1943년	2월, 『어떤 인질에게 보내는 편지 Lettre à un otage』 발표.

	3월, 『어린 왕자』 영어판 출간. 5월, 미국을 떠나 3주간의 선박 여행 끝에 대서양을 건너 모로코의 우지다에서 미국군의 지휘를 받는 자신의 편대에 합류. 7월, 정찰 임무를 띠고 론 계곡 상공을 비행하나, 착륙에 미숙해 연령 초과를 사유로 미국 사령관에게 소환되고 비행이 금지됨. 8월, 알제에 머물며 제트엔진 연구. 미완의 대작 『성채』 수정 작업. 다시 비행 훈련을 거쳐 단 5회만 비행한다는 조건으로 알제의 2/33비행중대 복귀.
1944년	7월 31일 아침 8시 25분에 무장하지 않은 채 여섯 시간 동안 비행할 수 있는 연료를 싣고 단독비행에 나섬. 그해 8월 15일로 예정된 프로방스 상륙 작전에 아주 유용하게 쓰일 지역 상세 지도 제작을 위한 정찰비행(론 계곡, 안시, 그리고 프로방스를 거쳐 돌아오는 일정)으로 8시 30분에 마지막 무선 신호를 보냄. 그의 비행기는 프로방스 해변으로부터 몇백 미터 떨어진 곳에서 격추된 것으로 보임. 당시 전쟁중이라 수색이 불가능해 실종자로 처리됨.
1945년	7월 31일, 스트라스부르에서 추도식이 거행됨.
1948년	국가에서 그의 죽음을 '프랑스를 위한 죽음'으로 인정.
1998년	마르세유의 어부들이 쳐놓은 그물에 생텍쥐페리의 신분 인식 팔찌가 걸려 올라옴.
2000년	지중해 연안에서 생텍쥐페리가 탑승했던 정찰기의 잔해가 발견됨.
2003년	정찰기 잔해 추가 발견, 인양함.

문학동네 세계문학전집 발간에 부쳐

　세계문학은 국민문학 혹은 지역문학을 떠나 존재하는 문학이 아니지만 그것들의 총합도 아니다. 세계문학이라는 용어에는 그 나름의 언어와 전통을 갖고 있는 국민문학이나 지역문학의 존재를 인정하면서 그것을 넘어서는 문학의 보편적 질서에 대한 관념이 새겨져 있다. 그 용어를 처음 고안한 19세기 유럽인들은 유럽문학을 중심으로 그 질서를 구축했지만 풍부한 국민문학의 전통을 가지고 있는 현대의 문학 강국들은 나름의 방식으로 세계문학을 이해하면서 정전(正典)의 목록을 작성하고 또 수정한다.
　한국에서도 세계문학 관념은 우리 사회와 문화의 변화 속에서 거듭 수정돼왔다. 어느 시기에는 제국 일본의 교양주의를 반영한 세계문학 관념이, 어느 시기에는 제3세계 민족주의에 동조한 세계문학 관념이 출현했고, 그러한 관념을 실천한 전집물이 출판됐다. 21세기 한국에 새로운 세계문학전집이 필요하다는 것은 명백하다. 우리의 지성과 감성의 기준에 부합하는 세계문학을 다시 구상할 때가 되었다.
　문학동네 세계문학전집은 범세계적으로 통용되는 고전에 대한 상식을 존중하면서도 지난 반세기 동안 해외 주요 언어권에서 창작과 연구의 진전에 따라 일어난 정전의 변동을 고려하여 편성되었다. 그래서 불멸의 명작은 물론 동시대 세계의 중요한 정치·문화적 실천에 영감을 준 새로운 작품들을 두루 포함시켰다.
　창립 이후 지금까지 한국문학 및 번역문학 출판에서 가장 전문적이고 생산적인 그룹을 대표해온 문학동네가 그간 축적한 문학 출판 경험을 바탕으로 새로운 세계문학전집을 펴낸다. 인류가 무지와 몽매의 어둠 속을 방황하면서도 끝내 길을 잃지 않은 것은 세계문학사의 하늘에 떠 있는 빛나는 별들이 길잡이가 되어주었기 때문이다. 우리가 자부심과 사명감 속에서 그리게 될 이 새로운 별자리가 독자들의 관심과 애정에 힘입어 우리 모두의 뿌듯한 자산이 되기를 소망한다.

문학동네 세계문학전집 편집위원
민은경, 박유하, 변현태, 송병선, 이재룡, 홍길표, 남진우, 황종연

세계문학전집 166
야간비행

1판 1쇄 2018년 6월 29일
1판 19쇄 2025년 10월 10일

지은이 앙투안 드 생텍쥐페리 | 옮긴이 용경식

책임편집 김수현 | 편집 이미영 황도옥 김경은
디자인 김이정 최미영 | 저작권 박지영 형소진 주은수 오서영 조경은
마케팅 정민호 서지화 한민아 이민경 왕지경 정유진 정경주 김혜원 김예진 이서진
브랜딩 함유지 박민재 이송이 박다솔 조다현 김하연 이준희
제작 강신은 김동욱 이순호 | 제작처 영신사

펴낸곳 (주)문학동네 | 펴낸이 김소영
출판등록 1993년 10월 22일 제2003-000045호
주소 10881 경기도 파주시 회동길 210
전자우편 editor@munhak.com
대표전화 031)955-8888 | 팩스 031)955-8855
문학동네카페 http://cafe.naver.com/mhdn
인스타그램 @munhakdongne | 트위터 @munhakdongne
북클럽문학동네 http://bookclubmunhak.com

ISBN 978-89-546-5186-8 04860
    978-89-546-0901-2 (세트)

잘못된 책은 구입하신 서점에서 교환해드립니다.
기타 교환 문의 031) 955-2661, 3580

www.munhak.com

문학동네 세계문학전집

1, 2, 3 안나 카레니나 레프 톨스토이 | 박형규 옮김
4 판탈레온과 특별봉사대 마리오 바르가스 요사 | 송병선 옮김
5 황금 물고기 J. M. G. 르 클레지오 | 최수철 옮김
6 템페스트 윌리엄 셰익스피어 | 이경식 옮김
7 위대한 개츠비 F. 스콧 피츠제럴드 | 김영하 옮김
8 아름다운 애너벨 리 싸늘하게 죽다 오에 겐자부로 | 박유하 옮김
9, 10 파우스트 요한 볼프강 폰 괴테 | 이인웅 옮김
11 가면의 고백 미시마 유키오 | 양윤옥 옮김
12 킴 러디어드 키플링 | 하창수 옮김
13 나귀 가죽 오노레 드 발자크 | 이철의 옮김
14 피아노 치는 여자 엘프리데 옐리네크 | 이병애 옮김
15 1984 조지 오웰 | 김기혁 옮김
16 벤야멘타 하인학교 ― 야콥 폰 군텐 이야기 로베르트 발저 | 홍길표 옮김
17, 18 적과 흑 스탕달 | 이규식 옮김
19, 20 휴먼 스테인 필립 로스 | 박범수 옮김
21 체스 이야기 · 낯선 여인의 편지 슈테판 츠바이크 | 김연수 옮김
22 왼손잡이 니콜라이 레스코프 | 이상훈 옮김
23 소송 프란츠 카프카 | 권혁준 옮김
24 마크롤 가비에로의 모험 알바로 무티스 | 송병선 옮김
25 파계 시마자키 도손 | 노영희 옮김
26 내 생명 앗아가주오 앙헬레스 마스트레타 | 강성식 옮김
27 여명 시도니가브리엘 콜레트 | 송기정 옮김
28 한때 흑인이었던 남자의 자서전 제임스 웰든 존슨 | 천승걸 옮김
29 슬픈 짐승 모니카 마론 | 김미선 옮김
30 피로 물든 방 앤절라 카터 | 이귀우 옮김
31 숨그네 헤르타 뮐러 | 박경희 옮김
32 우리 시대의 영웅 미하일 레르몬토프 | 김연경 옮김
33, 34 실낙원 존 밀턴 | 조신권 옮김
35 복낙원 존 밀턴 | 조신권 옮김
36 포로기 오오카 쇼헤이 | 허호 옮김
37 동물농장 · 파리와 런던의 따라지 인생 조지 오웰 | 김기혁 옮김
38 루이 랑베르 오노레 드 발자크 | 송기정 옮김
39 코틀로반 안드레이 플라토노프 | 김철균 옮김
40 어두운 상점들의 거리 파트릭 모디아노 | 김화영 옮김
41 순교자 김은국 | 도정일 옮김
42 젊은 베르테르의 슬픔 요한 볼프강 폰 괴테 | 안장혁 옮김
43 더블린 사람들 제임스 조이스 | 진선주 옮김
44 설득 제인 오스틴 | 원영선, 전신화 옮김
45 인공호흡 리카르도 피글리아 | 엄지영 옮김
46 정글북 러디어드 키플링 | 손향숙 옮김
47 외로운 남자 외젠 이오네스코 | 이재룡 옮김
48 에피 브리스트 테오도어 폰타네 | 한미희 옮김
49 둔황 이노우에 야스시 | 임용택 옮김
50 미크로메가스 · 캉디드 혹은 낙관주의 볼테르 | 이병애 옮김

51, 52 염소의 축제 마리오 바르가스 요사 | 송병선 옮김
53 고야산 스님·초롱불 노래 이즈미 교카 | 임태균 옮김
54 다니엘서 E. L. 닥터로 | 정상준 옮김
55 이날을 위한 우산 빌헬름 게나치노 | 박교진 옮김
56 톰 소여의 모험 마크 트웨인 | 강미경 옮김
57 카사노바의 귀향·꿈의 노벨레 아르투어 슈니츨러 | 모명숙 옮김
58 바보들을 위한 학교 사샤 소콜로프 | 권정임 옮김
59 어느 어릿광대의 견해 하인리히 뵐 | 신동도 옮김
60 웃는 늑대 쓰시마 유코 | 김훈아 옮김
61 팔코너 존 치버 | 박영원 옮김
62 한눈팔기 나쓰메 소세키 | 조영석 옮김
63, 64 톰 아저씨의 오두막 해리엇 비처 스토 | 이종인 옮김
65 아버지와 아들 이반 투르게네프 | 이항재 옮김
66 베니스의 상인 윌리엄 셰익스피어 | 이경식 옮김
67 해부학자 페데리코 안다아시 | 조구호 옮김
68 긴 이별을 위한 짧은 편지 페터 한트케 | 안장혁 옮김
69 호텔 뒤락 애니타 브루크너 | 김정 옮김
70 잔해 쥘리앵 그린 | 김종우 옮김
71 절망 블라디미르 나보코프 | 최종술 옮김
72 더버빌가의 테스 토머스 하디 | 유명숙 옮김
73 감상소설 미하일 조셴코 | 백용식 옮김
74 빙하와 어둠의 공포 크리스토프 란스마이어 | 진일상 옮김
75 쓰가루·석별·옛날이야기 다자이 오사무 | 서재곤 옮김
76 이인 알베르 카뮈 | 이기언 옮김
77 달려라, 토끼 존 업다이크 | 정영목 옮김
78 몰락하는 자 토마스 베른하르트 | 박인원 옮김
79, 80 한밤의 아이들 살만 루슈디 | 김진준 옮김
81 죽은 군대의 장군 이스마일 카다레 | 이창실 옮김
82 페레이라가 주장하다 안토니오 타부키 | 이승수 옮김
83, 84 목로주점 에밀 졸라 | 박명숙 옮김
85 아베 일족 모리 오가이 | 권태민 옮김
86 폭풍의 언덕 에밀리 브론테 | 김정아 옮김
87, 88 늦여름 아달베르트 슈티프터 | 박종대 옮김
89 클레브 공작부인 라파예트 부인 | 류재화 옮김
90 P세대 빅토르 펠레빈 | 박혜경 옮김
91 노인과 바다 어니스트 헤밍웨이 | 이인규 옮김
92 물방울 메도루마 슌 | 유은경 옮김
93 도깨비불 피에르 드리외라로셸 | 이재룡 옮김
94 프랑켄슈타인 메리 셸리 | 김선형 옮김
95 래그타임 E. L. 닥터로 | 최용준 옮김
96 캔터빌의 유령 오스카 와일드 | 김미나 옮김
97 만(卍)·시게모토 소장의 어머니 다니자키 준이치로 | 김춘미, 이호철 옮김
98 맨해튼 트랜스퍼 존 더스패서스 | 박경희 옮김
99 단순한 열정 아니 에르노 | 최정수 옮김

100 열세 걸음 모옌 | 임홍빈 옮김
101 데미안 헤르만 헤세 | 안인희 옮김
102 수레바퀴 아래서 헤르만 헤세 | 한미희 옮김
103 소리와 분노 윌리엄 포크너 | 공진호 옮김
104 곰 윌리엄 포크너 | 민은영 옮김
105 롤리타 블라디미르 나보코프 | 김진준 옮김
106, 107 부활 레프 톨스토이 | 박형규 옮김
108, 109 모래그릇 마쓰모토 세이초 | 이병진 옮김
110 은둔자 막심 고리키 | 이강은 옮김
111 불타버린 지도 아베 고보 | 이영미 옮김
112 말라볼리아가의 사람들 조반니 베르가 | 김운찬 옮김
113 디어 라이프 앨리스 먼로 | 정연희 옮김
114 돈 카를로스 프리드리히 실러 | 안인희 옮김
115 인간 짐승 에밀 졸라 | 이철의 옮김
116 빌러비드 토니 모리슨 | 최인자 옮김
117, 118 미국의 목가 필립 로스 | 정영목 옮김
119 대성당 레이먼드 카버 | 김연수 옮김
120 나나 에밀 졸라 | 김치수 옮김
121, 122 제르미날 에밀 졸라 | 박명숙 옮김
123 현기증. 감정들 W. G. 제발트 | 배수아 옮김
124 강 동쪽의 기담 나가이 가후 | 정병호 옮김
125 붉은 밤의 도시들 윌리엄 버로스 | 박인찬 옮김
126 수고양이 무어의 인생관 E. T. A. 호프만 | 박은경 옮김
127 맘브루 R. H. 모레노 두란 | 송병선 옮김
128 익사 오에 겐자부로 | 박유하 옮김
129 땅의 혜택 크누트 함순 | 안미란 옮김
130 불안의 책 페르난두 페소아 | 오진영 옮김
131, 132 사랑과 어둠의 이야기 아모스 오즈 | 최창모 옮김
133 페스트 알베르 카뮈 | 유호식 옮김
134 다마세누 몬테이루의 잃어버린 머리 안토니오 타부키 | 이현경 옮김
135 작은 것들의 신 아룬다티 로이 | 박찬원 옮김
136 시스터 캐리 시어도어 드라이저 | 송은주 옮김
137 고독한 산책자의 몽상 장자크 루소 | 문경자 옮김
138 용의자의 야간열차 다와다 요코 | 이영미 옮김
139 세기아의 고백 알프레드 드 뮈세 | 김미성 옮김
140 햄릿 윌리엄 셰익스피어 | 이경식 옮김
141 카산드라 크리스타 볼프 | 한미희 옮김
142 이 글을 읽는 사람에게 영원한 저주를 마누엘 푸익 | 송병선 옮김
143 마음 나쓰메 소세키 | 유은경 옮김
144 바다 존 밴빌 | 정영목 옮김
145, 146, 147, 148 전쟁과 평화 레프 톨스토이 | 박형규 옮김
149 세 가지 이야기 귀스타브 플로베르 | 고봉만 옮김
150 제5도살장 커트 보니것 | 정영목 옮김
151 알렉시 · 은총의 일격 마르그리트 유르스나르 | 윤진 옮김

152 말라 온다 알베르토 푸겟 | 엄지영 옮김
153 아르세니예프의 인생 이반 부닌 | 이항재 옮김
154 오만과 편견 제인 오스틴 | 류경희 옮김
155 돈 에밀 졸라 | 유기환 옮김
156 젊은 예술가의 초상 제임스 조이스 | 진선주 옮김
157, 158, 159 카라마조프가의 형제들 표도르 도스토옙스키 | 김희숙 옮김
160 진 브로디 선생의 전성기 뮤리얼 스파크 | 서정은 옮김
161 13인당 이야기 오노레 드 발자크 | 송기정 옮김
162 하지 무라트 레프 톨스토이 | 박형규 옮김
163 희망 앙드레 말로 | 김웅권 옮김
164 임멘 호수·백마의 기사·프시케 테오도어 슈토름 | 배정희 옮김
165 밤은 부드러워라 F. 스콧 피츠제럴드 | 정영목 옮김
166 야간비행 앙투안 드 생텍쥐페리 | 용경식 옮김
167 나이트우드 주나 반스 | 이예원 옮김
168 소년들 앙리 드 몽테를랑 | 유정애 옮김
169, 170 독립기념일 리처드 포드 | 박영원 옮김
171, 172 닥터 지바고 보리스 파스테르나크 | 박형규 옮김
173 싯다르타 헤르만 헤세 | 권혁준 옮김
174 야만인을 기다리며 J. M. 쿳시 | 왕은철 옮김
175 철학편지 볼테르 | 이봉지 옮김
176 거지 소녀 앨리스 먼로 | 민은영 옮김
177 창백한 불꽃 블라디미르 나보코프 | 김윤하 옮김
178 슈틸러 막스 프리슈 | 김인순 옮김
179 시핑 뉴스 애니 프루 | 민승남 옮김
180 이 세상의 왕국 알레호 카르펜티에르 | 조구호 옮김
181 철의 시대 J. M. 쿳시 | 왕은철 옮김
182 카시지 조이스 캐럴 오츠 | 공경희 옮김
183, 184 모비 딕 허먼 멜빌 | 황유원 옮김
185 솔로몬의 노래 토니 모리슨 | 김선형 옮김
186 무기여 잘 있거라 어니스트 헤밍웨이 | 권진아 옮김
187 컬러 퍼플 앨리스 워커 | 고정아 옮김
188, 189 죄와 벌 표도르 도스토옙스키 | 이문영 옮김
190 사랑 광기 그리고 죽음의 이야기 오라시오 키로가 | 엄지영 옮김
191 빅 슬립 레이먼드 챈들러 | 김진준 옮김
192 시간은 밤 류드밀라 페트루솁스카야 | 김혜란 옮김
193 타타르인의 사막 디노 부차티 | 한리나 옮김
194 고양이와 쥐 귄터 그라스 | 박경희 옮김
195 펠리시아의 여정 윌리엄 트레버 | 박찬원 옮김
196 마이클 K의 삶과 시대 J. M. 쿳시 | 왕은철 옮김
197, 198 오스카와 루신다 피터 케리 | 김시현 옮김
199 패싱 넬라 라슨 | 박경희 옮김
200 마담 보바리 귀스타브 플로베르 | 김남주 옮김
201 패주 에밀 졸라 | 유기환 옮김
202 도시와 개들 마리오 바르가스 요사 | 송병선 옮김

203 루시 저메이카 킨케이드 | 정소영 옮김
204 대지 에밀 졸라 | 조성애 옮김
205, 206 백치 표도르 도스토옙스키 | 김희숙 옮김
207 백야 표도르 도스토옙스키 | 박은정 옮김
208 순수의 시대 이디스 워턴 | 손영미 옮김
209 단순한 이야기 엘리자베스 인치볼드 | 이혜수 옮김
210 바닷가에서 압둘라자크 구르나 | 황유원 옮김
211 낙원 압둘라자크 구르나 | 왕은철 옮김
212 피라미드 이스마일 카다레 | 이창실 옮김
213 애니 존 저메이카 킨케이드 | 정소영 옮김
214 지고 말 것을 가와바타 야스나리 | 박혜성 옮김
215 부서진 사월 이스마일 카다레 | 유정희 옮김
216 사람은 무엇으로 사는가 레프 톨스토이 | 이항재 옮김
217, 218 악마의 시 살만 루슈디 | 김진준 옮김
219 오늘을 집아라 솔 벨로 | 김진준 옮김
220 배반 압둘라자크 구르나 | 황가한 옮김
221 어두운 밤 나는 적막한 집을 나섰다 페터 한트케 | 윤시향 옮김
222 무어의 마지막 한숨 살만 루슈디 | 김진준 옮김
223 속죄 이언 매큐언 | 한정아 옮김
224 암스테르담 이언 매큐언 | 박경희 옮김
225, 226, 227 특성 없는 남자 로베르트 무질 | 박종대 옮김
228 앨프리드와 에밀리 도리스 레싱 | 민은영 옮김
229 북과 남 엘리자베스 개스켈 | 민승남 옮김
230 마지막 이야기들 윌리엄 트레버 | 민승남 옮김
231 벤저민 프랭클린 자서전 벤저민 프랭클린 | 이종인 옮김
232 만년양식집 오에 겐자부로 | 박유하 옮김
233 이상한 나라의 앨리스 루이스 캐럴 | 존 테니얼 그림 | 김희진 옮김
234 소네치카 · 스페이드의 여왕 류드밀라 울리츠카야 | 박소조 옮김
235 메데야와 그녀의 아이들 류드밀라 울리츠카야 | 최종술 옮김
236 실종자 프란츠 카프카 | 이재황 옮김
237 진 알랭 로브그리예 | 성귀수 옮김
238 말테의 수기 라이너 마리아 릴케 | 홍사현 옮김
239, 240 율리시스 제임스 조이스 | 이종일 옮김
241 지도와 영토 미셸 우엘벡 | 장소미 옮김
242 사막 J. M. G. 르 클레지오 | 홍상희 옮김
243 사냥꾼의 수기 이반 투르게네프 | 이종현 옮김
244 험볼트의 선물 솔 벨로 | 전수용 옮김
245 바베트의 만찬 이자크 디네센 | 추미옥 옮김
246 나르치스와 골드문트 헤르만 헤세 | 안인희 옮김
247 변신 · 단식 광대 프란츠 카프카 | 이재황 옮김
248 상자 속의 사나이 안톤 체호프 | 박현섭 옮김
249 가장 파란 눈 토니 모리슨 | 정소영 옮김
250 꽃피는 노트르담 장 주네 | 성귀수 옮김
251, 252 울프 홀 힐러리 맨틀 | 강아름 옮김

253 시체들을 끌어내라 힐러리 맨틀 | 김선형 옮김
254 샌프란시스코에서 온 신사 이반 부닌 | 최진희 옮김
255 포화 앙리 바르뷔스 | 김웅권 옮김
256 추락 J. M. 쿳시 | 왕은철 옮김
257 킬리만자로의 눈 어니스트 헤밍웨이 | 정영목 옮김
258 오래된 빛 존 밴빌 | 정영목 옮김
259 고리오 영감 오노레 드 발자크 | 이철의 옮김
260 동네 공원 마르그리트 뒤라스 | 김정아 옮김
261 앨리스 B. 토클러스의 자서전 거트루드 스타인 | 윤희기 옮김
262 댈러웨이 부인 버지니아 울프 | 민은영 옮김
263 인간 실격 다자이 오사무 | 홍은주 옮김
264 감정의 혼란 슈테판 츠바이크 | 황종민 옮김
265 돌아온 토끼 존 업다이크 | 정영목 옮김
266 토끼는 부자다 존 업다이크 | 김승욱 옮김
267 토끼 잠들다 존 업다이크 | 김승욱 옮김
268 노인을 위한 나라는 없다 코맥 매카시 | 황유원 옮김
269 허조그 솔 벨로 | 김진준 옮김
270 보스턴 사람들 헨리 제임스 | 윤조원 옮김

● 문학동네 세계문학전집은 계속 출간됩니다